Bernhard Schmidt

Siegländer Mundart

Bernhard Schmidt

Siegländer Mundart

ISBN/EAN: 9783743300446

Hergestellt in Europa, USA, Kanada, Australien, Japan

Cover: Foto ©Andreas Hilbeck / pixelio.de

Manufactured and distributed by brebook publishing software
(www.brebook.com)

Bernhard Schmidt

Siegländer Mundart

DER VOCALISMUS

DER

SIEGERLÄNDER MUNDART.

EIN BEITRAG
ZUR FRÄNKISCHEN DIALEKTFORSCHUNG

VON

BERNH. SCHMIDT,

DR. PHIL.

HALLE A. S.
MAX NIEMEYER.
1894.

Im äussersten Süden der heutigen preussischen Provinz Westfalen, in dem Gebiet der obern Sieg und ihrer Zuflüsse, liegt, ein fränkisches Glied an dem Körper des sonst ganz dem sächsischen Stamme zugehörenden Landes der roten Erde, das Siegerland, ein Ländchen, welches in gar mancher Beziehung unsere besondre Aufmerksamkeit zu erregen geeignet ist. Schon durch seine Lage scheint es wie geschaffen, um als Schauplatz einer ganz eigenartigen Entwicklung von Geschichte, Sitten und Sprache wie von Handel und Industrie zu dienen. Rings von hohen Bergen eingeschlossen, waren die Bewohner dieses Gebirgskessels, vom Rhein aus vorgeschobene ripuarische Franken, von Anfang an auf sich selber und ihre Täler angewiesen, und nur im Südwesten, da, wo die Sieg sich durch das Gebirge einen Weg gebahnt hatte, stand diesen Ripuariern, die von nun an als Siegerländer die Grenzwacht hielten gegen die Westfalen im Norden und die Chatten im Osten, noch das schmale Tor offen, durch welches sie den Weg in die neue Heimat gefunden hatten. So waren sie zwar noch nicht ganz von ihren Stammesgenossen am Rhein getrennt, aber die Verkehrsstrasse, das Tal der Sieg, war doch zu eng, als dass sich hier ein lebhafterer Verkehr und damit ein innigeres Gefühl der Zusammengehörigkeit mit den alten Stammesbrüdern hätte aufrecht erhalten lassen. Es darf uns daher keineswegs wundern, wenn wir das Siegerland schon sehr früh in kirchlichen und später auch in politischen Beziehungen zu dem im Süden angrenzenden Nassau sehn, dessen Bevölkerung ja auch der siegenschen stammverwandt war. (vgl. Philippi: „Siegener Urkundenbuch" Siegen 1887. pg. IX ff.) Diese Beziehungen zu Nassau haben sich denn auch durch das ganze Mittelalter fortgesetzt: unter den mannigfachsten Schicksalen und Zwischenfällen blieb das Siegerland in Verbindung mit den Grafen, spätern Fürsten von Nassau bis zum Jahre 1815, wo es an die Krone Preussen kam. (vgl. II. Achenbach: „Der Kreis Siegen" Siegen 1865. pg. 6 ff.; Cuno: „Geschichte der Stadt Siegen" Dillenburg 1872. pg. 1 ff.) Trotzdem bewahrte aber das Siegerland seine volle Selbständigkeit und ist nie mit den nassauischen Ländern vollständig vereinigt worden. Wie hätte man auch eine solche Vereinigung im Siegerland wünschen sollen! War doch der Reichtum des siegener Ländchens so gross, dass jeder Austausch der Erzeugnisse mit einem andern Lande, und wäre es auch das wohlhabende Nassau gewesen, dem Siegerland unbedingt zum Nachteil gereichen musste. Und schon sehr früh hatte man begonnen die Schätze des Landes auszubeuten. Schon Galfrid von Monmouth spricht in seiner „vita Merlini", welche Harry Word in „The British Museum" I London 1883. pg. 278—288 in die Mitte des 12. Jahrhunderts setzt, von „pocula que sculpsit Wilandus de urbe Sigeni." (vgl. Achenbach pg. 43; Philippi pg. xxviii.) Deutet dies schon auf eine frühe Lokalisirung der Wielandsage im Siegerland, so wird dieselbe noch bestätigt dadurch, dass im Süd-osten des Landes und gerade in der Nähe des ältesten bekannten, schon 1298 urkundlich (Philippi No. 73) erwähnten Bergwerks am Gebirge Ratzenscheid (montes Ratzenscheit), jetzt Landeskrone, ein Dorf sich findet, das den Namen Wielands führt. Es ist das heutige Wilnsdorf, das als Sitz eines alten Adelsgeschlechts häufig in den Urkunden erscheint. So Phil. 25: Wielandestorf; 16: Wilandisdorf u. s. f. (vgl. Manger: „Die Siegenschen Orte Wilnsdorf, Wilgersdorf und Rödgen in alter Zeit." Siegen 1865. pg. 11 ff.) Auch andere Ortsnamen wie Eisern, Eiserfeld, die ebenfalls schon in den Urkunden des 13. und 14. Jahrhunderts (Phil. 35; 41; 42; 131; 149; 207) vorkommen, bezeugen das hohe Alter des siegerländer Bergbaus, wie auch alte siegener Münzen, welche Philippi ins 12. Jahrhundert setzt (pg. xxi), als Zeugen von der frühen Ausbeutung der mineralischen Schätze des Landes zu gelten haben. Die Gewinnung der im Schosse der Erde verborgenen Mineralien, besonders des Eisens, ist denn auch heute noch die ergiebigste Quelle des Wohlstands des siegener Ländchens und die Gewerbtätigkeit, welche dem Lande einen Weltruf verschafft hat.

Aber nicht nur die unterirdischen Schätze des Siegerlands, auch das, was die Oberfläche bot, führte zur Entwicklung einer mächtigen Gewerbtätigkeit. Die siegerländer Berge, zu steil und zu felsig, um vom Ackerbauer mit Erfolg bewirtschaftet zu werden, doch auch wenig geeignet, einen ergiebigen Hochwald zu liefern, wurden der Boden, auf welchem sich die Haubergswirtschaft als eine besondre Eigentümlichkeit des Siegerlands entwickelte. (vgl. Achenbach: „Die Haubergsgenossenschaften des Siegerlands" 1863.) Auf der Grundlage dieser Haubergswirtschaft aber entfaltete sich die siegener Lederindustrie, die bald einen solchen Aufschwung nahm, dass auch sie würdig neben der Eisenindustrie auf dem Weltmarkt keine Konkurrenz zu scheuen braucht.

Wir sehn also, wie sich im Siegerland, begünstigt durch die abgeschlossene Lage, eine ganz eigen geartete Entwicklung der politischen wie der wirtschaftlichen Verhältnisse vollzieht. Es resultirt aus dieser Abgeschlossenheit beim Siegerländer ein ungemein entwickeltes Heimatgefühl und ein starkes Empfinden der Zusammengehörigkeit, welches weder durch die 1623 erfolgte Teilung des Landes unter die drei Söhne des Grafen Johann des Mittlern noch durch die darauf folgenden Religionsfehden erschüttert werden konnte. Es zeigte sich im schönsten Glanz in jener Deputation, welche im Jahre 1816 bei König Friedrich Wilhelm III. vorstellig wurde, um unter Hinweis auf die historisch begründete Einheit des Siegerlands die soeben vollzogene Teilung unter Preussen und Nassau rückgängig zu machen, und in der That die Vereinigung des ganzen Landes unter Preussens Hoheit erreichte. (vgl. Achenbach: „Der Kreis Siegen" pg. 11, 29 ff.) Und noch heute ist dies Gefühl der Zusammengehörigkeit rege, noch heute ist die Stadt Siegen für den Landbewohner „die Stadt" κατ' ἐξοχήν und heisst sie „das Krönchen" des Landes. Noch heute gedenkt der Siegener mit Genugtuung der Glanzzeit des Fürstentums Siegen unter den nassauisch-oranischen Fürsten, und noch heute nennt er mit Stolz den Namen jenes grossen Oraniers, des Fürsten Moritz († 1679), der zum siegener Nationalhelden geworden ist. (vgl. Driessen: „Leben des Fürsten Johann Moritz von Nassau-Siegen" Berlin 1849.) Daher denn auch ein zähes, oft übertriebenes Festhalten an den patriarchalischen Einrich-

1*

tungen der „guten alten Zeit“, daher eine gewisse bornirte
Voreingenommenheit gegen alles Neue. Daher auch die starke
Abneigung gegen alles Fremde, daher beim einzelnen Indivi-
duum ein hoher Grad von Abgeschlossenheit gegen die Aussen-
welt. Das erweckte auch jenen Hang zum Mysticismus, welcher
in Jung-Stilling († 1817) seinen klassischen Vertreter fand und
heute noch in dem üppig wuchernden Muckertum seine oft
recht wunderlichen Blüten treibt. Andrerseits aber entspringt
aus dieser Abgeschlossenheit des Siegerländers ein hoher Grad
von Selbstgefühl, grosses Vertrauen auf die eigne Kraft, wie
auch ein eifriges Streben, im Wettbewerb es dem Nach-
barn zuvor zu tun. Tief verhasst aber ist jegliches Streber-
tum und jede Kriecherei. Sie widerstreben dem geraden,
schlichten Wesen des Siegerländers und jenem Zuge demo-
kratischer Gesinnung, welcher sich äussert in dem ungezwun-
genen Verkehr der Siegerländer unter einander, einem aus-
gleichenden Element im sozialen Leben des Siegerlands, das
Reich und Arm, Hoch und Niedrig zusammenführt und dem
gesellschaftlichen Verkehr einen wohltuenden patriarchalischen
Anstrich verleiht.

So sehn wir im siegener Land ein reich gesegnetes Fleck-
chen Erde, in seinen Bewohnern ein glückliches zufriedenes
Völkchen, und wir begreifen den anonymen Nationaldichter
des Siegerlands, wenn er im Ueberschwall seines Heimatge-
fühls in einer „Hymne ah d’t Seejerland“ singt:

Ech ha de Welt da och geseh,
  doch hanich noch nix fonne,
Künn Stäh, künn Därfer, die sich nur,
  met Dir vergliche konne.

(vgl. „Riimcher uss d’m Seejerland“ 2. Aufl. Siegen 1882.)

Bemerkten wir im politischen wie im wirtschaftlichen
Leben eine scharfe Absondrung des Siegerlands gegen die
umliegenden Gebiete, so müssen wir für die siegener Mundart
das genaue Gegenteil constatiren: kaum ein deutscher Volksdialekt hat sich in dem Masse Elemente der Nachbarmund-
arten zu eigen gemacht wie der siegerländer. Er ist so eine
rechte Uebergangsmundart geworden, und man könnte wohl
zweifeln, welcher von den grössern Dialektgruppen der fränkischen Zunge man ihn zuzurechnen hätte. Heinzerling, der

zuerst die siegener Mundart einer eingehendern Untersuchung
unterwarf. („Ueber den Vocalismus und Consonantismus der
Siegerländer Mundart." Marburg 1871. pg. 5 ff.) rechnet sie zum
rheinfränkischen Dialekt und versteht dabei unter „Rheinfränkisch" die Mundart, welche am untern Rhein von Coblenz
bis hinab nach Düsseldorf gesprochen wird. Da nun aber in
neuerer Zeit sich für diesen Dialekt die Bezeichnung Mittelfränkisch eingebürgert hat, (vgl. Weinhold, kl. mhd. Gramm. ²§ 2.
Paul, mhd. Gramm. ² § 2. Braune, ahd. Gramm. ² § 6. Behaghel bei Paul: „Grundriss der germanischen Philologie" Bd. I, 3,
pg. 538.). während man jetzt unter Rheinfränkisch den weiter
rheinaufwärts gesprochenen, dem Alemannischen angrenzenden
Dialekt versteht, so wollen wir zur Vermeidung dieser beiden
irreführenden Bezeichnungen für den jetzt Mittelfränkisch genannten Dialekt nach dem Vorgange von Weinhold die Bezeichnung Ripuarisch gebrauchen. Die Benennung Rheinfränkisch
für die in der Wetterau, der Pfalz und den angrenzenden Gebieten gesprochene Mundart aber wollen wir durch das von
Paul (Mhd. Gr. ² § 2.) empfohlene Südfränkisch ersetzen, obwohl uns diese Bezeichnung an sich nicht ganz zusagt. cf.
Braune, ahd. Gr. ² § 6.

Nach Weinhold (Kl. mhd. Gr. ² § 2) gehört das Siegensche
zweifellos zum Ripuarischen. Ebendahin wird es sowohl von
Paul (Mhd. Gr. ² § 2) als auch von Behaghel (a. a. O.) gerechnet,
doch wird es immer ausdrücklich als Grenzdialekt bezeichnet.

Nach Behaghel besteht das Hauptkennzeichen des ripuarischen Dialekts darin, dass er in den Pronominalformen *dat*,
it, *wat*, *allet* das *t* unverschoben lässt, während es im Südfränkischen wie in allen andern hochdeutschen Mundarten in
z übergeht. Dazu kommt noch das pronominale *dit*. (Braune,
ahd. Gr. ² §§ 160. 87. Weinhold, mhd. Gr. ¹ § 180; kl. mhd. Gr. ²
§§ 56. 79. Paul, mhd. Gr. § 92.) Ausserdem verschiebt das
Ripuarische *p* im Anlaut und Inlaut nach Consonanten nie,
während das Südfränkische die Verschiebung nach *l* und *r*
eintreten lässt. (Braune, ahd. Gr. ² § 87. Weinhold, mhd. Gr. ¹
§ 154; kl. mhd. Gr. ² § 67. Paul, mhd. Gr. ² § 92.) Prüfen
wir das Siegensche auf diese Erscheinungen hin, so sehn
wir in den siegenschen Formen *dat*, *ət* (enclit. *ət*) und *rat* das
t unverschoben. *Dit* ist im siegener Dialekt mit diesem ganzen

Pronomen verloren gegangen; dass es einmal vorhanden war, lehren die Urkunden sowohl wie anch die veraltete Redensart *dęʒt ǫnn dat* „dies und jenes" dafür bürgt, dass *t* hier unverschoben blieb. Für *allet* dagegen haben wir siegensch wie gemeinhochdeutsch immer *allez.* Andrerseits ist aber wieder zu bemerken, dass auch die seltene flectirte neutrale Form des Adjectivums, wenn sie vorkommt, unverschobenen Dental zeigt. Belege hierfür bieten besonders noch substantivirte neutrale Adjectiva, wie *fäddot* „Fett", vom adj. *fädd* „fett", *véʒtehʒ* „kleine Wunde", von *véʒ* „wehe" gebildet. Hier scheint sich demnach das Siegensche als ripuarische Mundart zu kennzeichnen, wenn auch die Erhaltung von *t* in den besprochenen Formen nicht in ganz so weitem Umfange durchgeführt erscheint, wie es in diesem Dialekt sonst üblich ist.

Ganz anders aber verhält es sich mit jener zweiten Erscheinung des Consonantismus, die wir ins Auge fassten. Hier nämlich steht der siegerländer Dialekt fast durchaus auf südfränkischem Boden, da er in der weitaus überwiegenden Mehrzahl der Fälle *rp* und *lp* zu *rf* und *lf* wandelt, wie die Formen *dorf, véʒrfʒ, héʒlfʒ* etc. beweisen. Nur in ganz vereinzelten Formen ist *p* nach *r* [und *l*] erhalten, so in *sárp* ‚scharf', mhd. ahd. *scharf* asächs. *scarp; qárbʒ* f. „Karpfen", meist eine besondre Schweinerace bezeichnend, ahd. *charpho,* engl. *carp.* Nach diesem Kriterium müssten wir also das Siegensche dem Südfränkischen zurechnen.

Auch die siegener Urkunden sind hier von keinem Nutzen. Auch hier haben wir bei *dat, it, wat, dit* ein Ueberwiegen der unverschobenen *t.* Daneben aber haben wir gar nicht selten Urkunden mit durchgängig verschobenem Dental und endlich auch solche, in denen verschobener und unverschobener *t*-Laut nebeneinander stehn. (So in Phil. sg. Uk. Nro. 193; 208; 214; 266; 313; 332 u. a. m.)

Bei der Behandlung von *rp* und *lp* zeigt sich in den Urkunden ebenfalls ein regelloses Schwanken. Auch hier haben wir bald durchgängig unverschobenen Laut (sg. Uk. 191; 288), bald allgemein Verschiebung (268; 320), bald in derselben Urkunde verschobenen und unverschobenen Labial nebeneinander (260).

So paralysiren sich die Hauptkriterien der Entscheidung,

und wir müssen uns nach andern unterscheidenden Merkmalen umsehn.

Der Consonantismus nun bietet uns deren nur sehr wenige, wenn auch einige. So entspricht gemeinhochdeutschem auslautendem *b* siegensch wie niederdeutsch ein *f* (vgl. Heinzerling pg. 70 ff.); ebenso ist germanisches anlautendes *wr* im siegenschen Dialekt immer durch *br* vertreten (cf. Hz. pg. 80 ff.; Müllenhoff & Scherer's Denkmäler VIII.), beides Erscheinungen, welche dem Siegenschen mit dem Ripuarischen gemeinsam sind, und die das Südfränkische gar nicht oder doch nicht in dem Masse zeigt.

Viel wichtiger für die Bestimmung der Stellung des siegerländer Dialekts innerhalb des Fränkischen ist der Vocalismus, und zwar, wie schon Heinzerling (pg. 12 f.) sah, besonders deshalb, weil von den beiden hier in Betracht kommenden fränkischen Dialekten das Ripuarische wesentlich niederdeutschen, das Südfränkische dagegen durchaus hochdeutchen Vocalismus zeigt.

Ripuarischen Charakter tragen nun folgende Erscheinungen des siegenschen Vocalismus:

1) die Vorliebe für unechte Diphthonge und die Abneigung gegen echte Zweilauter, die specifisch ripuarisch ist;

2) die Vorliebe für reines *a*, die sich zeigt a) in der Erhaltung des *a* resp. seines richtigen Umlauts *ä*, wo sonst nhd. ein *o* resp. *ö* steht, b) in der Dehnung von *a* zu *â*, wo südfränkisch meist *ao* (offener *o*-Laut) steht, c) in dem häufigen, oft unorganischen Vorkommen von *a* vor *r*;

3) die Vertretung von germ. *ê* und *eo* durch rip. *ê* im Siegenschen, wo südfränkisch *i* (nhd. *ie* geschrieben) steht;

4) dementsprechend sieg. *ô* für germ. *ô*, wo die meisten südfrk. Dialekte *û* haben;

5) strenge Durchführung der nd. Schwächung von *i* und *u* zu *ę* und *ǫ*;

6) Abneigung gegen die Diphthongirung von *î* und *û*.

Andrerseits haben wir Zusammengehn des Siegenschen mit dem südfrk. Hessischen in

1) der Abneigung des grössten Teils der siegerländer Mundart gegen die Laute *ö*, *ü* und *eu*, welche durch die entsprechenden hellen Vocale *e*, *i* und *ai* vertreten werden;

2) der Erhaltung von germ. *ai*, wenn es nicht vor *r*, *h*, *w* steht, wo wir ripuarisch immer *ê* haben;

3) der Erhaltung von *au* (ausser vor Dentalen, *h* und *w*), wo ripuarisch stets *ô* steht.

Zeigt sich so schon ein quantitatives Ueberwiegen des ripuarischen Elements in der siegerländer Mundart, so ist das entscheidende Moment doch erst der Umstand, dass die süddfränkischen Eigentümlichkeiten des Siegenschen, auch wenn sie im weitaus grössern und herrschenden Gebiet der Mundart sich finden, doch niemals auf dem ganzen Gebiet nachzuweisen sind, also nicht als Charakteristika des Siegenschen in seiner Gesamtheit dienen können, während die angeführten ripuarischen Elemente auf dem ganzen Gebiet nachweisbar sind und deshalb als charakteristische Merkmale zu gelten haben. Bei den einzelnen Lauten wird das näher behandelt werden; vorläufig genüge es zu constatiren, dass im Siegenschen ein ripuarischer Dialekt vorliegt, wie das ja auch am besten unsrer Annahme von der Besiedlung des Landes durch ripuarische Franken entspricht.

Freilich der Einfluss, den der benachbarte hessisch-wittgensteinisch-nassauische südfränkische Dialekt auf den siegerländer ausgeübt hat, ist ein ganz gewaltiger gewesen, und das darf bei den jahrhundertelangen Beziehungen des Siegerlands zu Nassau kaum wunder nehmen. Im Südosten und Osten vollzieht sich daher der Uebergang zum Südfränkischen fast unmerklich, und so bietet auch der siegener Dialekt ein eklatantes Beispiel für die wellenartigen Uebergänge zwischen benachbarten Mundarten, wie sie Johannes Schmidt („Die Verwandtschaftsverhältnisse der indogerm. Sprachen." Weimar 1872.) für die Sprachen des indogerm. Sprachstamms erwiesen hat.

Wir sehn also im Siegenschen einen im Grunde ripuarischen Dialekt vor uns, der jedoch durch Aufnahme fremder Sprachelemente den Anschluss auch an das benachbarte Südfränkische gewonnen hat. Gerade dieses vermittelnde Ueberleiten ist denn auch das besondre Merkmal der siegener Mundart und gibt derselben jene charakteristische Eigenart, welche der siegerländer Volksdichter mit „half hochditsch onn half platt" bezeichnet. Freilich was der siegener Dialekt an plattdeutschen Elementen besitzt, gehört zu seinem ripuarischen Grundcharakter, während der Einfluss des im Norden angrenzenden Westfälischen verschwindend gering anzuschlagen ist.

Selten bietet nun die siegener Mundart Lautstufen, die, dem ganzen Gebiet derselben gemeinsam, genau die Mitte hielten zwischen den entsprechenden ripuarischen und südfränkischen Formen. Das geschieht eigentlich nur bei der Vertretung von germ. *â*, wo das Siegensche ein *åo* aufweist, das genau in der Mitte steht zwischen dem rip. nd. *â* und dem hess. sdfrk. *ó* (cf. Heinz. pg. 30). Etwas Aehnliches zeigt sich bei *i* und *u* vor Vocalen und im Auslaut; vgl. unter *i*.

Viel öfter geschieht der Uebergang durch Bildung von Unterdialekten, bei denen sich das Spiel der Hauptdialekte wiederholt. Auch sie treten durch Entlehnung einer Anzahl von Eigentümlichkeiten in nähere Beziehung zu den gerade benachbarten Mundarten, stehn aber zueinander auch wieder in jenem wellenartigen Uebergangsverhältnis.

So hat auch das Siegensche eine Anzahl Unterdialekte. Im Wesentlichen können wir deren vier feststellen. Indessen bleibt dabei zu beachten, dass für diese Unterdialekte feste Grenzen aufzustellen gänzlich unmöglich ist, spricht doch kein einziges Dorf wie das nächstbenachbarte, und sind doch sogar in der Stadt Siegen zwei verschiedene Idiome beobachtet worden. (cf. Heinz. pg. 9).

Diese vier Unterdialekte sind nun die folgenden:

1) der von Freudenberg (frdbg.) im Westen und Südwesten, umfassend das Amt Freudenberg;

2) der des obern Ferndorftales (fdf.), im Norden und Nordosten, umfassend die Aemter Ferndorf und Hilchenbach;

3) der des Johannlands (johld.) im Osten und Südosten, umfassend das Amt Netphen und Teile des Amtes Wilnsdorf;

4) der von Stadt Siegen in der Mitte des Landes, umfassend die Stadt Siegen, die Aemter Weidenau und Eiserfeld, sowie den Rest des Amtes Wilnsdorf.

Zieht man nur den Vocalismus in Betracht, so lassen sich diese vier Unterdialekte wieder in zwei Gruppen zusammenfassen. Die beiden erstgenannten haben gegenüber den beiden andern eine sehr starke Neigung zu den dumpfen Lauten *ö, ü* und *eu*, während die beiden herrschenden Idiome eine ausgesprochene Abneigung gegen diese Laute zeigen und dieselben durch die hellern *e*, *i* und *ai* ersetzen. Auch entwickelt das Idiom von Freudenberg wie das von Ferndorf ursprüngliches *au*, wo es hd. allgemein monophthongirt wird, zu *åɔ* (Umlaut *üɔ*), wo sonst im Siegenschen *ɔɔ* (Umlaut *eɔ*) steht.

Der freudenberger unterscheidet sich dann vom ferndorfer Dialekt wiederum durch Festhalten des ripuarischen *é* und *ó* für germ. *ai* und *au* auch in den Fällen, wo diese Diphthonge sonst hochdeutsch nicht monophthongirt sind, und wo auch das Ferndorfische die alten Zweilauter, wenn auch etwas verengt, erhalten hat.

Der Dialekt des Johannlands unterscheidet sich von dem der Stadt hauptsächlich durch eine Neigung zu breiter Aussprache der Vocale und eine Bevorzugung offener Selbstlauter, Erscheinungen, die in Siegen Stadt durch eine der nhd. Schriftsprache mehr angepasste, geschlossenere Aussprache ersetzt sind. Ferner ist in Teilen des Johannlands germ. *a* zu *o* gewandelt, in andern die südfrk. Diphthongirung von germ. *i* und *ü* viel weiter entwickelt, als es sonst im Siegenschen der Fall ist.

Auf diese Unterschiede im Einzelnen werden wir bei den einzelnen Lauten zurückkommen, wobei sich auch zeigen wird, dass oft nicht nur die einer der oben gebildeten Gruppen angehörenden Dialekte gemeinsame Merkmale aufweisen, sondern auch ein Dialekt der einen mit einem Dialekt der andern Gruppe zusammengeht im Gegensatz zu den beiden andern Dialekten.

Als eine fünfte Unterabteilung der siegener Mundart könnte man endlich die Sprache des Freien Grundes, eines abgeschlossenen Gebirgskessels im Süden des Siegerlands, der das Gebiet der obern Heller, eines Nebenflusses der Sieg, umfasst, aufführen. Indessen ist die hier gesprochene Mundart unter dem Einfluss langjähriger saynischer Herrschaft derartig mit saynischen Sprachelementen versetzt worden, dass ihr westlicher Teil dem Siegenschen ganz entfremdet wurde. Im Osten hat die Sprache ihren siegener Charakter besser bewahrt, doch ist im Ganzen die freiengründer Mundart für das Gesamtbild des siegener Dialekts von so geringer Wichtigkeit, dass wir sie hier gänzlich ausser Acht lassen dürfen.

Zu grunde liegt nun der vorliegenden Abhandlung die Mundart von Eisern, dem Heimatort des Verfassers. Dieses Dorf, in der Nähe alter Eisensteingruben gelegen, die ihm auch seinen Namen gegeben haben, bildet etwa die Grenze zwischen dem Dialekt der Stadt und dem des Johannlands im Tal der Eisern, eines kleinen Zuflusses der Sieg im Süden des Siegerlands. Der eiserner Dialekt vereinigt daher viele Eigentümlichkeiten der genannten herrschenden Idiome des siegerländer Sprachgebiets. Er dürfte deshalb zum Haupttypus des siegerländer Dialekts, neben dem freilich die andern nicht vernachlässigt werden dürfen, im hervorragendem Masse geeignet sein. Mag auch in Eisern der nass.-sdfrk. Einfluss stärker gewesen sein als in der Stadt, so hat doch in dem ländlichen Dialekt wieder die Schriftsprache bei weitem nicht in dem Masse ihre alles Charakteristische verwischenden Einwirkungen ausüben können.

In der Schreibung der Beispiele, die sehr zahlreich, und wo es anging, siegener Idiotismen sind, wurde möglichst nach phonetischen Principien verfahren. Es wurde daher der irrationale Vocal der Endungen stets durch ə, dementsprechend Liquida und Nasalis sonans durch ļ, ŗ, resp. m̦, n̦ bezeichnet. Die weichen Spiranten б und ð, welche im Sg. mit w resp. r zusammengefallen sind, werden, wie diese Laute, durch v resp. r vertreten; sch erscheint stets als š, hartes ss als z resp. ʒʒ. ŋ ist der gutturale Nasal; g, k, j, ch als Palatalen entsprechen γ, ɥ, ǰ, χ als Velares. Bei den Muten wurde in betreff der Verteilung von Media und Tenuis eine rein lautliche Schreibung angestrebt, die im An- und Inlaut meistens Media, im Auslaut gewöhnlich Tenuis ergab, welch letztere in der Aussprache allerdings wie in der Schriftsprache Tenuis aspirata ist.

Die siegerländer Mundart weist nun folgende Vocale auf:

I. Kurze Vocale:

a; ä (offener ä-Laut); ë (offener e-Laut); ę (geschlossener e-Laut); i; ǫ (offener o-Laut); ọ (geschlossener o-Laut); u; ə.

Ausserdem haben die Dialekte von Freudenberg und Ferndorf noch ö und ü.

II. Lange Vocale:

á; *ä* (offener langer *ä*-Laut); *ǣ* (offener langer *e*-Laut); *é* (geschlossener langer *e*-Laut); *i*; *ā̊* (offener langer *o*-Laut); *ó* (geschlossener langer *o*-Laut); *ú*.

Dazu kommen noch frdbg. fdf. *ȯ̈* und *ü̇*.

III. Diphthonge:

1) Echte: *ai; au;*
2) Unechte: *âi; ëɔ; çɔ; ėɔ; ï̈ɤ; ǫɔ; ȯ̊ɔ; ǫɤ.*

Ausserdem noch frdbg. fdf. *úɔ* und *ü̇ɔ*. Nur vor altem *r* kommen gemsg. noch *ǣɔ, iɔ, ā̊uɔ, úɔ* vor.

Die einzelnen germanischen Vocale im siegerländer Dialekt.

I. Die Vocale der Stammsilben.

Das germ. a.

Das germ. a, idg. a und o entsprechend, blieb im Sg. wie sonst im Md. und auch im Nhd. lautgesetzlich erhalten in geschlossener Silbe und hat hier noch ziemlich die Verbreitung wie im Ahd. Ueber einige Ausnahmen s. u. (vgl. Weinhold, mhd. Gr.¹ §§ 20—24; kl. mhd. Gr.² § 18. Braune, ahd. Gr.² § 25. Paul, mhd. Gr.² § 18. Behaghel, P. G. ɪ, 3, pg. 558).

Beispiele:

baddɔ „nützen" wie mrhein. hess. ww. *batten*, auch schwäb. so; md. *baten* (Schade² ɪ, 43.).

bass in *bass gäerɔ* „acht geben" zu nhd. *aufpassen*, das aus ndl. *passen* stammen soll (Kluge⁴ 256).

brast „Sorge", „Kummer", enthält vielleicht eine sehr alte Wurzel. Es entspricht wahrscheinlich das got. *rratón* „reisen" an. *rata* dass., wozu *rati* „Besessener" d. h. „der ruhelos umher Getriebene", vgl. Schade² ɪɪ, 1203. Zu der letzten Bedeutung passt die sg. sehr wohl.

abch „Hanswurst", eigtl. „einer der alles verkehrt anstellt" zu ahd. *abuh, abah*, as. *abuh*. Zu demselben Stamme gehören *äbs* „verkehrt" und *ärich* „verkehrt", beide mit Umlaut bewirkenden Suffixen vgl. Hz. pg. 69.

dabbr „kräftig entwickelt", „stramm" ahd. *taphar*. Der Bedeutung des sg. Wortes kommen am nächsten mnd. *dapper* engl. *dapper*, vgl. Kluge⁴ 351; Schade² ɪɪ, 923. Hz. pg. 106.

affɔ ahd. *affo*.

baqqɔ m. ahd. *baccho* und *bakho*.

14

haqql in der Redensart „*off dr h. drae*" „huckepack tragen".
Zu diesem hucke liegt wohl in dem sg. Wort die Hochstufe
vor. Das *l* = Suffix ist dasselbe wie in sg. *boqql*.
saχɔ ahd. *sahha*, got. *sakjó*.
qann „Kanne" ahd. *channa*.
šmant „Rahm", auch hess. Vilm 359 vorkommend wie livld.
und nd. (Kluge⁴ 308.) stellt sich zu mhd. *smant*, das slav.
Lehnwort zu sein scheint. *šmënn* „abrahmen". Ohne Nasal
ist gebildet *šmaddɹrich* „weich", wozu sich das dial. (schles.
böhm. östr.) *schmetten* stellt, das wohl auch im sg. *šmäddɹlin*
vorliegt, cf. engl. *butterfly*, dtsch. Buttervogel, Molkendieb.
ranzɔ, gew. *áranzɔ* „scheltend anfahren" gehört wohl trotz
Kluge⁴ 271, der es von ranken ableitet, zu mhd. *rans* „Maul"
(Schade² ii, 700), vgl. das nhd. *anschnauzen*. *s* ist nach *n*
zu *z* geworden; vgl. *gɔhanzdáχ* „Johannistag".
rangɔ zeigt sg. eine merkwürdige Bedeutungsentwicklung. Es
gehört zu mhd. *ranc* „schnelle drehende Bewegung" (cf. nhd.
verrenken), ebenso zu nhd. *Ranke*. Aus der Bedeutung des
mhd. Wortes entwickelt sich nun sg. der Sinn: „Scheibe
Brot", indem man diese in der Weise abschneidet, dass man
mit dem Messer um den Laib rund herum fährt. Die Deutung
wird bestätigt durch das Compositum *rɹmmrangɔ* „volle Ranke",
die man rund herum abschneidet. Auffällig bleibt nur, dass
das *wr*, welches, wie ahd. *wrank* zeigt, vorhanden war, hier
sg nicht durch *br* sondern durch *r* vertreten ist; vielleicht
deutet das auf spätere Entlehnung.
šaṇk „Schrank" trennt schon Hz. pg. 60 richtig von mhd.
schrank. Das Wort findet sich auch hess. (Vilm. 341) und
bayr. (Schmeller iii, 372) und entspricht mhd. *schanc*, ahd.
scanc. Davon Schänke, Schankwirt.
lant ahd. *lant*, got. *land* sowohl = *terra* als auch = *ager*; in
ersterer Bedeutung lautet der Plur. *lënɹ*, in letzterer *lanṇɹ*,
was wohl secundäre Bildung ist. vgl. die Flexionen.
glamm „eng anschliessend", dann auch „feucht", cf. engl. *clam*,
clammy, nd. *klam*, mhd. *klam* „Beengung". vgl. Hz. pg. 100.
faln ahd. *fallan*.
qalf ahd. *chalb*, got. fem. *kalbô*.

Uebereinstimmend mit dem Nd., dem Md. und der nhd.

Schriftsprache wird im Sg. *a* in offener Silbe gedehnt. Die Dehnung tritt auch immer ein in einsilbigen Wörtern, wenn einfacher Consonant folgt. Als Dehnungsvocal erhalten wir ein reines *á*, durch welches sich die siegensche Mundart besonders vom benachbarten Hessischen unterscheidet, das hier einen offenen langen *o*-Laut, ein *ào*, zeigt.

Beispiele.

rât ahd. *rad*.

râs „Tante“, „Base“ ahd. *basa*, amd. *wasa*, umd. *wase*.

šdâr „Bett eines Baches“ mit einer kleinen Bedeutungsverschiebung zu ahd. *stado*, got. *staps* „Gestade.“ Vilm 394.

mâz (*z = ss*) „gar“, „weich“, geniessbar“, gebildet von der Wurzel *mat*-, die vorliegt in mhd., ahd. *maz* „Speise“, got. *mats*, dazu *matjan*, an. *mata* cf. Schade² I, 597.

brâs f. „[losgehacktes Stück] Rasen“, hess. *frasen* aus mhd. *wrase*, und. *wrase, brasen*, auch fem. *brase* cf. Schade² II, 1202. Heinz. Wb. 34.

râv f. „Rabe“ ahd. *rabo*.

gâv „Hülse des Hafers“ zu mhd. *kaf* „Getreidehülse“, agls. *ceáf*. Die Tiefstufe dazu liegt vor im ahd. *chëra* „Hülse“, „Schote“, cf. Schade² I, 479.

gráf „Grab“ ahd. *grab*.

âf ahd. *aba*, got. *af*.

fráqich „auffällig ausgelassen“ geht zurück auf einen Stamm *frak*-, von dem vielleicht der in sg. *frëch, frë̄ꭓ*, ahd. *frëh*, got. *(faihu)- friks* vorliegende St. *frik*- die Schwächung darstellt. Die letztere liegt dann auch wohl vor in sg. *frickl* „ausgelassenes junges Mädchen“, „Backfisch“, wozu noch afrz. *frique* „munter“, wie besonders dauph. *fricandela* „lebhaftes Mädchen“ zu vergleichen sind. cf. Schade² I, 222.

šâq „mit den Beinen ausgreifen“, „treten“ zu asächs. *scacan* „sich entfernen“, „entfliehen“, agls. *scacan, sceácan* „wegstürzen“, engl. *shake*. cf. Schade² II, 773.

mâ „Mann“ ahd. *man*, got. *manna*.

hálᴐ „halten“ ahd. *haltan*, got. *haldan*. Hier scheint sich sehr früh das *d* dem *l* assimilirt zu haben und die Doppelconsonanz vereinfacht worden zu sein. So trat *a* in offene Silbe und wurde gedehnt, vgl. sg. sing. *galt* zu plur. dat. *qâlᴐ*.

In striktem Gegensatz zum nhd. schriftsprachlichen Gebrauch
haben wir im Sg. immer Dehnung vor einfachem *m:*
hȃml „Hammel" ahd. *hamal.*
hȃmə „Kummet", auch sonst rip. vorkommend als *hamen,* ndl.
haam, westf. *ham,* engl. *hame,* stellt sich vielleicht zu ahd.
hamo, mhd. *hame, ham* „Angelhaken". Die Grundbedeutung
wäre dann die des Gebogenen und Beziehung zum lat. *hȃmus*
anzunehmen. Ueber die zu grunde liegende idg. Wurzel
vgl. Schade² I, 369; Kluge⁴ 129; 139; 194.
hȃmr „Hammer" ahd. *hamar,* mhd. *hamer.*
gȃmr, ahd. *chamara,* ein roman. Lehnwort.
zəsȃmə „zusammen" ahd. *zisamane.*
lȃm „lahm" mhd. ahd. *lam,* agls. *lama.* Hier hat auch das
Nhd. Dehnung.

Die Differenzirung einer Wurzel nach zwei verschiedenen
Bedeutungen durch verschiedene Behandlung des — *am* — haben
wir in sg. *amm* (gew. *hrəramm* „Hebamme"), „Amme" und
ȃmə „Grossmutter". Letztere Bedeutung zeigt der Stamm auch
in an. *amma,* occit. *ama.* Die Bedeutung „Mutter" haben span.
ama, gael. *am,* bask. *amma,* albanes. *'έμμε,* esthn. *emma.*
Beide Bedeutungen „Amme" und „Mutter" haben mhd. *amme,*
ahd. *amma.* (Schade² I, 14.). Zu grunde liegt wohl eine
Wurzel *am* „säugen". Die Bedeutung „Grossmutter" ist dann
eine erst sekundär aus „Mutter" entstandene.

Für ursprüngliches *mb* tritt auch sg. stets *mm,* nie einfaches *m* mit gedehntem Vocal ein:
qamm ahd. *chamb,* agls. *comb.*
sramm ahd. *sramb.* [got. *sramms*].
lamm ahd. *lamb,* got. *lamb.*
klammr an. *kləmbr,* engl. *clamp,* ndl. *klamp.* Vgl. noch nhd.
dial. Formen wie bair. *klamper,* kärnthn. *klampfer* und nhd.
Klempner, s. Kluge⁴ 172.

Vor *r* + Consonant, wo die nhd. Schriftsprache, besonders
vor *r* + Dental, (vgl. Behaghel PG. I, 3, pg. 559.) oft Schwanken
der Quantität zeigt, hat das Siegensche fast durchgängig ursprüngliches *a* gedehnt. Es ist dies wohl mit Heinzerling
(pg. 14) darauf zurückzuführen, dass auch im Fränkischen,
wenn wir auch hier nicht, wie obd., den Vocal geschrieben

finden, in der Aussprache zwischen dem *r* und dem folgenden
Consonanten ein Vocal sich gebildet hatte, wodurch das vorhergebende *a* gewissermassen in offene Silbe zu stehn kam.
(vgl. Braune, ahd. Gr.² §§ 69. 65.). Deutlich ist diese Entwicklung noch in sg. *àrich* „arg" zu mhd. *arc*, ahd. *arg*, *arag*.
cf. Schade² 1, 26.

Beispiele:

ràrdə „warten" ahd. *wartén*.

γárdə „Garten" ahd. *garto*, got. *garda* und *gards*, engl. *yard*.
bàrt ahd. *bart*, ndl. *baard*.

qàrśt „Karst", „bidens" zu mhd. *karst*, ahd. as. *carst*. Dazu
qàrśdich „geizig". Es ist dies eine volksetymologische Uebertragung des Wortes auf die Wurzel *kar* -, welche vorliegt in
mhd. *kare* „sparsam", ahd. *charag* „traurig", auch got. *karón*,
ahd. *charôn*, mhd. *karn* „sich kümmern", „trauern". Dazu kommt
noch engl. *chary* „sparsam", *care* „Sorge", agls. *čearig* „traurig".
Die Grundbedeutung ist wohl „Sorge", d. i. auf die materiellen Dinge übertragen „Sparsamkeit", „Geiz". Es bezeichnet
daher sg. *qàrśt* auch einen Geizigen; davon das Verbum
qàrśdə „kargen". Zu derselben Wurzel *kar*- gehört auch
das von Heinzerling (pg. 14) citirte *qàrmə* „sich über Armut
beklagen", davon subst. *qàrmr*.

ràrzl „Warze" entspricht der Bedeutung nach mhd. *warze*, ahd.
warza. Die Bildung ist dagegen wohl dieselbe wie die von
mhd. *wurzel*, ahd. *wurzala*. Es liegt nämlich ein Compositum
vor, dessen zweiter Teil das got. *ralus* „Stab", agls. *walu*
„Schwiele", „Knoten" ist. Das erweist für mhd. *wurzel* das
agls. entsprechende *wyrtwalu*; vgl. noch *morhala* aus *morhwalu* und *geisala* aus *geis-walu*. Aber auch der erste Teil
der beiden Composita *wurzel* und *ràrzl* geht wohl auf dieselbe idg. Wurzel zurück. Es ist wohl die Wurzel *vrd-*
„wachsen", von der in *wurzel* die Tiefstufe *vrd-* und in
ràrzl aus *warzel* die Hochstufe *vrd-* vorliegt. Zu der letztern
vgl. noch lat. *radix*, gr. ῥόδον, äol. βρόδον aus them. *ϝροδορ*;
ferner auch engl. *vart*, nd. *warte*, *wārte*. Daneben steht
ein Stamm ohne Schluss-Dental, der vorliegt in sg. *rarr*
„Gerstenkorn" (am Auge), agls. *wearre* „Schwiele"; vgl. lat.
verrúca.

árrət „Arbeit" mhd. *arbeit*, ahd. *arabeit*.

šárrə „in Stücke zerschneiden", z. B. *môs šárrə* „Kraut ein-
schneiden", wie bair. *scharben*, zu mhd. *scharben*, ahd. *scar-
bôn*, cf. Schade² II. 780. Dazu sg. *širrḷ* „Scherbe". (siehe
pg. 34).

hár „Schneide eines scharfen Instruments", davon *hárn* „eine
Sense dengeln" gehört zu einem Stamm, der noch vorliegt
in mhd. *hęre*, nhd. *herb*, und der auch enthalten ist in as.
harm, ahd. *haram*.

márk „Mark", „medulla" mhd. *marc*, ahd. *marag, marg*.

šdárk „stark" mhd. *starc*, ahd. *starc*, obd. *starah*.

bárch „verschnittenes Schwein" mhd. *barc*, ahd. *barh* und *barug*,
agls. *bearg*, ndl. *barg*.

Die ursprüngliche Kürze ist vor *r* + Consonant sg. erhalten
nur in

hart „hart" ahd. *harti, hart*, got. *hardus*, und in
harfḷ „Bindfaden", „Seil", das wohl gebildet ist von ahd. *haru,
haro*, mhd. *hare, har* „Flachs" mit einem *l*-Suffix, das auch
vorliegt in sg. *hǟnḷ* „Bindfaden" von *bęnnə* „binden", ferner
in *ręckḷ* „Wickel", *vęnsḷ* „Strohseil" von *ręnnə* „winden" etc.

Zeigt so das Sg. im Allgemeinen das starke Bestreben, germ.
a sowohl in der Kürze als in der Dehnung als reinen *a*-Laut
zu erhalten, so macht sich andrerseits im Osten des Siegerlands, vielleicht unter nassauisch-wittgensteinschem Einfluss,
die Neigung geltend, germ. *a* nach *o* hin zu entwickeln.
Weniger fällt das auf in dem Dialekt von Eisern, wo eben
erst die Neigung emporkeimt, vor *r* das aus *a* gedehnte *â* in
áô, langen offenen *o*-Laut, übergehn zu lassen, so dass neben
šdárk ein *šdáôərk*, neben *γárdə* ein *γáôərdə* zu treten beginnt.
Viel weiter geht die Vorliebe für *o* im eigentlichen Johannland,
wo vor *l* und *n*, vor welchen Lauten ja auch die nhd. Schriftsprache oft *a* zu *o* gewandelt hat (cf. Weinhold, mhd. Gr. ¹
§ 20.), unverlängertes *a* stets in *ǫ* übergeht. Wir erhalten also
hier *ǫll* „alle", *lǫn* „lange", *rǫnnrn* „wandern", *ǫnnrš* „anders",
γəγǫuə „gegangen" u. s. f.

Der Umlaut des *a* findet schon sehr früh in den Literaturdenkmäleru seine Bezeichnung: wir können seine Entwicklung schon vom 8. Jahrhundert ab verfolgen. (Weinhold, mhd. Gr.[1] § 27; kl. mhd. Gr.[2] § 9. Braune, ahd. Gr.[2] § 27. Paul, mhd. Gr.[2] § 40.) Am frühesten zeigt er sich im Bairischen; von da aus verbreitet sich die Erscheinung nach Norden hin, erfasst die md. Dialekte und schliesslich auch das Nd.

Hervorgerufen wird der Umlaut durch ein suffigirtes *i* oder *j*. Sein Wesen besteht darin, dass dieser *i*-Laut den vorhergehenden Consonanten palatalisirt oder mouillirt, und diese Mouillirung auch auf das *a* der Stammsilbe sich ausdehnt. (Vgl. Sievers in P. G. I, 2, pg. 283.) Gleichzeitig aber sucht der Umlaut bewirkende Vocal den ungelauteten seiner Articulationsstufe zu nähern, daher „sind die Umlautvocale stets tonhöher als die ihnen zu Grunde liegenden Vocale" (Weinhold, kl. mhd. Gr. § 9). Es ist daher nicht richtig, wenn Sievers (P. G. I, 2, pg. 296) behauptet, der *i*-Umlaut bestehe in der Regel in einer Verschiebung gutturaler Vocale zu Palatalen, seltener in einer Hebung der Zunge. Beim Umlaut tritt immer zugleich mit der Palatalisirung des Vocals auch die Hebung der Zunge ein. Wir haben daher in dem Umlaut-*e̞*, das uns die ahd. Literaturdenkmäler als Umlaut von *a* bieten, nicht einen offenen, dem *a* gleich articulirten sondern einen geschlossenen, in der Tonstufe dem *i* nahestehenden *e*-Laut vor uns, und gerade dadurch ist das Umlaut-*e̞* unterschieden von dem germ. *ë*. (Franck, Z. f. d. A. XXV, pg. 218; Luick, P. B. B. XI, pg. 492. Kauffmann, Gesch. der schwäb. Mundart. Strassbg. 1890. pg. 50 ff.) (vgl. die Behandlung des germ. *ë*.)

Nachdem nun, meist schon in ahd. Zeit, das *i* und *j* der Suffixe durch stummes *e* resp. den irrationalen Vocal ersetzt war, war damit auch die Veranlassung der Palatalisirung verschwunden. Die vorhergehenden Consonanten werden daher ihres palatalen Charakters beraubt, und ihnen die alte Articulation wiedergegeben. Dadurch wird aber dann schon früh auch ein Zurückgehn des Umlauts bewirkt, indem der Umlautvocal von seiner hohen Articulationsstufe allmählich herabsinkt. In dieser rückwärtigen Bewegung trifft nun das Umlaut-*e̞* im 13. Jahrhundert schon mit dem germ. *ë*, von dem es vorher streng geschieden war, das aber seinerseits seinen alten Lautwert, offenes *e*, streng bewahrt hatte, zusammen. Das beweisen

2*

uns Reime der Denkmäler dieser Zeit, die ohne Scheu *ę* und *ë* auf einander binden. (Weinhold, mhd. Gr.¹ § 41.) In der nhd. Schriftsprache gilt dieser Zusammenfall von *ę* und *ë* im ganzen noch heute, wozu wohl die gleichmässige Bezeichnung durch *e* nicht am wenigsten beigetragen hat. Ganz anders ist es in den ungeschriebenen Dialekten. Hier hinderte nichts, das *ę* noch weiter in der Tonhöhe sinken zu lassen und es noch mehr dem *a*, aus dem es hervorgegangen war, wieder zu nähern. Und wie die nördlichsten Dialekte dem Umlaut am längsten Widerstand geleistet hatten, so waren sie jetzt auch am schnellsten bereit, den zurückgehenden Umlaut dem *a* wieder möglichst nahe zu bringen. So ist denn heute im Obd. zwar meist noch geschlossenes *ę*, im Md., besonders aber im Nd., meistens offener *ë*-Laut der lautgesetzliche Vertreter von umgelautetem *a*. vgl. Heinz pg. 15.

Einzelne, hauptsächlich nd. Mundarten gehn nun in der Rückassimilation des Umlauts an das *a* noch weiter und weisen als Vertreter des umgelauteten *a* einen zwischen offenem *ë* und *a* liegenden Laut, ein offenes *ä*, auf. Diesen Vocal, den wir mit *ä* bezeichnen, bietet uns das Sg. als lautgesetzliche Vertretung. Wenn nun im Dialekt der Stadt für dieses offene *ä* ein geschlossener Laut, offenes *ë*, eintritt, so sehn wir darin lediglich schriftsprachlichen Einfluss, nicht aber eine ursprüngliche Verschiedenheit von den ländlichen Dialekten. Dass diese aber ihr *ä* nicht fremdem Einfluss verdanken, dafür bürgt dessen gleichmässiges Vorkommen an der nassauisch-wittgensteinschen wie an der westfälischen Grenze. Scharf scheidet sich so das Sg. besonders vom Hessisch-Nassauischen, das überall einen viel geschlossenern Vocal aufweist.

Beispiele:

äddə „Vater", auch sonst dialektisch vorkommend. Der Umlaut ist diminutiv, wie schwz. *ätti* zeigt; vgl. mhd. *atte*, ahd. *atto*, ferner lat. *atta*, gr. *'άττα*, aslav. *otici.*

rätzchə dimin. zu mhd. *ratze* aus ahd. *rato*. Dazu das Compos. *gourätzchə* „Eichhörnchen" in dessen erstem Bestandteil wohl das sg. *gou̯ə*, ahd. *kinwan* vorliegt.

räskə „das Wässerige in der geronnenen Milch" gebildet aus dem Stamm *rat-*, der vorliegt in agls. *wǣt*, got. *rato*, au.

catn „Wasser" und Suffix·*isc*-. Von demselben Stamm mit
anderm Suffix ist gebildet *rätzich* „wässerig", von nicht
mehlreichen Kartoffeln und Kuchen aus solchen gebraucht,
vgl. Heinz. pg. 123 f.

äzzich „Essig" ahd. *ezzih*, eine merkwürdige Umstellung von
got. *akeit(s)*, lat. *acetum*.

äbbl „Aepfel", plur. zu *abbl* ahd. *apful*, nd. *appel*.

bläffə „einem eine Abfertigung zu teil werden lassen", „verblüffen", ist der Form nach Causativ zu nhd. dial. *blaffen*
„bellen". In nhd. *verblüffen* und ndl. *verbluffen* liegt die
tiefste Stufe der Wurzel vor, ebenso in sg. *bluffə*, Heinz. Wb·
27, westf. *bluffen* „bellen". Im Sg. hat also die Wurzelstufe
bluf- das Transitivum, *bluf*- das Intransitivum gebildet,
während es im Hd. umgekehrt war.

äckr, bóχäckr „die Frucht der Buche" wie md. nnd. *çcker* zu
agls. *accern*, an. *akarn*, got. *akran* „Frucht". Vilm. 88.

räckə ein Gebäck, „Semmel" mhd. *wecke*, ahd. *weggi*, an. *reggr*·
Vielleicht liegt die unumgelautete Form vor in *raqqə*, mhd·
wacke „Feldstein".

äckə „Ecke" ahd. *ekka*, as. *eggia*. Davon vb. *äckə* „ärgern",
„quälen", eigtl. wohl „in die Ecke oder Enge treiben", davon das Iterativum *äxtrn*. vgl. Heinz. pg. 93. Weinhold, Beitr·
zu einem sehles. Wörterbuch 7 a.

mäckəz, ein specifisch sg. Wort, bezeichnet eine Art von Land-
streichern, doch mit festen Wohnsitzen, eine Specialität des
Siegerlands, die sich durch ein kleines Handelsgeschäft nur
nominell, in der Tat aber durch Betteln ernährt. Ueber
die Herkunft des Wortes ist viel gestritten worden. Gewöhnlich wird es von *mäkeln* „Handel treiben" abgeleitet (vgl.
Freiherr von Dörnberg, statist. Nachr. aus dem Kreise Siegen.
1860—65. Siegen 1865, pg. 19). Diese Ableitung hat sehr
viel Wahrscheinlichkeit. Dieses *mäkeln* scheint nämlich zu-
rückzugehn auf das ahd. **macho* „Händler", das noch vorliegt in den Compositen *huormacho, scalchmacho* (Schade²
I, 585. Graff II, 645.). Schon hier scheint das Wort eine ver-
ächtliche Bedeutung gehabt zu haben, die auch für das sg.
mäckəz sehr wohl passt. Dass sie nach dem Handel benannt
sind, dem entspricht der Umstand, dass sie sich selbst als
hannlsli „Handelsleute" bezeichnen. Ueber das Umlaut be-

wirkende Suffix-*əz* siehe die Besprechung der Suffixe. — vgl.
Schmidt 107 u. XIII.

bäckl „kleines rundes Brot", dazu *šmalzbäckl* „Kuchen aus ge-
riebenen Kartoffeln" cf. Heinz. pg. 101 f., Wb. 8. aus *baqqə*
„backen", mhd. *bachen*.

In Siegen-Stadt haben wir, wie oben erwähnt, in all diesen
Wörtern für *ä* ein *ë*, also *ëzzich, ëbbl, mëckəz* u. s. w.

Vor gedecktem Nasal hat im Allgemeinen nur der dem
Westfälischen angrenzende ferndorfer Dialekt das offene *ä* bewahrt, während ausser dem städtischen Dialekt auch noch der
des Johannlands und mit ihm der von Eisern das *ä* durch *ë*
ersetzt haben. Wir haben also hier

këmm plur. zu *qamm*;
lëmmchə, dimin. zu *lamm*;
šmënn, šmënnə vb. zu dem oben besprochenen *šmant* „Rahm";
hënn, plur. zu *hant* „Hand";
ëvgə „genau", „sorgfältig" adv. zu ahd. adv. *ango*, mhd. *ange* in
der Bedeutung passend, der Form nach ahd. *angi* entsprechend.

Eine besondre Stellung nahmen im Abd. gegenüber dem
Umlaut des *a* die Lautgruppen *h, r* + Consonant, *l* + Consonant,
wie auch Consonaut + *w* ein. Diese Consonantenverbindungen
hinderten nämlich in ahd. Zeit im Oberdeutschen den Umlaut.
So in ahd. *lahhan* aus germ. *hlahjan*; *garawen, garwen* aus
garawjan; obd. 2. Pers. Sing. Praes. Ind. von *haltan haltis*;
Comp. *altiro* von *alt*; obd. *ahir*. Im Fränkischen dagegen trat
der Umlaut zwar im Allgemeinen später, dafür aber auch überall ein. Frk. ist also *heltis, eltiro, ehir* für die entsprechenden
obd. Formen mit *a*. Im 12. Jahrhundert werden dann die um-
lauthindernden Consonanten auch im Obd. überwunden, und
der Umlaut tritt auf der ganzen Linie ein.

Im Sg. ist im Ganzen umgelautetes *a* vor *h* resp. *ch* und
l+Consonaut genau so behandelt wie vor den meisten andern
Consonanten. Wir haben also meistens auch hier offenes *ä*,
wie es zu erwarten war:

dächr plur. zu *daχ*;
rächtr nom. agentis zu *raχə*;
šrächr compar. zu *švaχ*;

cälzə „wälzen“ ahd. *węlzen;*

hält 3. Pers. Sg. Ind. Praes. zu *hälə* „halten“;

gəbälk „Gebälk“ zu *balkə* „Balken“;

gälbə „Gefäss für Flüssigkeiten“ mit anderm Suffix doch desselben Stammes wie mhd. *gęlte,* ahd. *gęllita.* Das sg. Wort verbietet vielleicht Entlehnung aus lat. *galeta* anzunehmen. (Kluge [1] 109.). Wegen des Suffixwechsels vergl. nhd. *kietze,* sg. *kö̃zə* zu nhd. *kiepe* Kluge [4] 169.

hälm „Beilstiel“ entsprechend seltenem mhd. *hęlm, halm* „Handhabe“, das vorliegt in ahd. *hęlmakis* „gestielte Axt“, „bipennis“ und in nhd. *Hellebarde,* mhd. *hęlmbarte,* dessen zweiter Bestandteil das ahd. *parta,* mhd. *barte* „Streitaxt“ ist. Kluge [4] 139; Schade [2] I, 387; 42. vgl. noch ahd. as. *halm,* griech. *χαλάμη,* skr. *kalamas* „Rohr.“

däll f. „Vertiefung“, „Beule an einem Blechgefäss“ wie hess *delle* (Vilm. 69; Heinz. 107.) ist umgelautet aus mhd. ahd. *tal,* ndl. as. got. *dal.* Dem sg. Wort stehn am nächsten engl. *dell* und got. **dalja* in *ibdalja* (Luc. 19, 37 bei Schade [2] II, 921). Dehnung des Stammvocals liegt vor in sg. *dâl* „Tal“, das in Eigennamen auch als Femininum gebraucht wird.

kväln „abkochen“, Factitivum zu ahd. *quëllan,* aus **qualjan.*

Nur ganz vereinzelte Wörter zeigen Spuren einer besondern Behandlung des Umlauts vor *l* + Consonant:

zęln hat das ahd. *ę* beibehalten, doch *l* wieder gutturalisirt, woher das nachschlagende *ə*, vgl. ahd. *zęllen,* agls. *tęllan* zu ahd. *zala* „Zahl.“

gəsęll „Geselle“ ahd. *gisęllo* von ahd. *sal* abgeleitet.

In Siegen-Stadt haben diese Wörter natürlich alle gleichmässig *ë.*

Eine besondre Behandlung erleidet der Umlaut des *a* im Sg. nur vor *r* + Consonant. Natürlich ist dabei abzusehn von den zahlreichen Fällen, wo *a* vor *r* + Consonant Dehnung erfährt und fast nie Umlaut eintritt. Aber auch da, wo *a* ungedehnt blieb, hat es im Siegenschen in den meisten Fällen dem Umlaut getrotzt; z. B. in

šbarn „sperren“ ahd. *spęrren* aus ahd. *sparro.*

blarn „schreien“ mhd. *plęrren.*

24

zarn ahd. *zęrren* aus *zarjan*, md. ist *zarren* bezeugt (Jeroschin's Deutschordenschronik 18473 *zarrinde* bei Schade² II, 1230; ebenda 20600 *zuzarren* bei Weinhold, mhd. Gr.¹ § 22). Das Wort hat übrigens sg. nur die Bedeutung „vexare." *arjṛn* „ärgern" entspricht mhd. *argern*, ahd. *argerôn*, die neben mhd. *ęrgern*, ahd. *ęrgerón* stehn. *qarlɔ* „Kerl", auch „Geliebter" wie mhd. *karl*, ahd. *karal*. Nd. ist *kerl*, agls. *ceorl*.

Diese treue Erhaltung des *a* vor *r*, die auch sonst ripuarisch häufig vorkommt, erklärt sich aus einer streng gutturalen md.-nd. Articulation des *r*, die von einem palatalen *r* zu verschieden war, als dass sie leicht zu demselben hätte übergehn können. Wo aber die Macht der Analogie drängte, diesen Uebergang doch vorzunehmen, da zeigt das mouillirte *r* gleich eine so ausgesprochen palatale Färbung, dass wir in mhd. Zeit hier neben *ę* sogar *i* als Umlautvocal erhalten. So haben die sg. Urkunden *irben* (sg. Uk. 266), *hirbst* (301), *irbenn* (301), etc.

Im heutigen Sg. haben wir zwar kaum mehr dieses reine palatale *i*, aber immerhin ein ihm nahestehendes *ę*, das als geschlossener *e*-Laut genau dem ahd. *ę* entspricht. cf. Weinhold, mhd. Gr.¹ § 38.

hęrcɔst „Herbst" mhd. *hęrbest*, ahd. *hęrbist*, vgl. urk. *hirbst* (301). *ęrrɔ* „Erbe" mhd. *ęrbe*, ahd. *ęrbo*, got. *arbja*. *ęęrmdɔ* „Wärme" mit anderm Suffix als ahd. *warmî*. *śvęrmɔ* zu *śvarm*. *ęrn* „Hausflur" lautlich genau entsprechend mhd. *ęrn*, *ęren*, ahd. *arin* „Fussboden", „Tenne", verwandt mit lat. *area* cf. Heinz pg. 58; vgl. noch das nhd. dial. *Aehren* (Kluge¹ 5). *dęrm*, wie afris. *therm*, agls. *þearm* umgelautet, zu mhd. *darm*, ahd. *daram*.

In zwei Fällen hat sich vielleicht das volle *i* als Umlaut von a erhalten, nämlich in *irlɔ* „Erle" ahd. *ęrila* zu agls. *alor* und in *hirliz* „Hornisse" zu dem mhd. *harliz* Schade² I, 273. Hier kann allerdings *i* auch Wurzelschwächung zu *a* sein. cf. hess. *hirmese* Vilm. 171.

In andern Fällen scheint das schriftsprachliche *ë* eingedrungen zu sein:

ërmr comp. zu *arm*;
lërcho mhd. *lęrche* entlehnt aus lat. *larix.*

Auch die Behandlung der Dehnung des umgelauteten *a*
im sg. Dialekt ist nur geeignet, unsre Erklärung des Umlauts
zu rechtfertigen. Dabei ist wohl zu unterscheiden, ob die
Dehnung erst eintrat als der Umlaut schon vorhanden war,
oder aber erst nachträglich, durch sekundäre Ableitungssuffixe,
gedehntes *a* dem Umlaut verfiel.

Betrachten wir zunächst den ersten Fall. Hier muss die
Dehnung zu der Zeit eingetreten sein, als der Umlautvocal
des *a* geschlossenes *ę* war, denn als Dehnungsvocal muss sich
ê, geschlossener langer *e*-Laut, ergeben haben. Durch die Ver-
längerung erhielt nun dieser *ę*-Laut eine so grosse Festigkeit,
dass er, als das nicht gedehnte Umlaut-*ę* zu offenem *ë* herab-
sank, dieser Verschiebung und allen andern widerstehn und
sich bis heute als geschlossenes *ê* erhalten konnte.

Nicht in dem Masse hatten aber die dem *ê* folgenden,
durch das *i*-Suffix mouillirten Consonanten den ihnen aufge-
zwungenen palatalen Charakter zu bewahren vermocht. Nachdem das *i* des Suffixes geschwunden war, waren sie nach
einigem Zögern wieder zu ihrer ursprünglichen, natürlichen
Articulation zurückgekehrt. So folgten dem palatale Klangfarbe
tragenden *ê* Consonanten von vollständig verschiedenem Lautcharakter, und, um den so eintretenden schroffen Articulations-
übergang zu vermitteln, wurde hinter dem *ê* ein neutral arti-
culirter Laut eingeschoben. Dies aber konnte seiner Bestimmung nach nur der irrationale Vocal *ə* sein. Wir erhalten
demnach als Vertreter des gedehnten umgelauteten *a* im Sg.
ein *êə.*

Beispiele:

ësl „Esel" ahd. *ęsil,* got. *asilus.*
fëʀr „Vetter", „Onkel" mhd. *vęter,* ahd. *fętiro.*
hëʀə „heben" ahd. *hęvan, hęffan,* got. *hafjan.*
gnêəvl „Knüppel", „Knebel" ahd. *knębil.*
ëʀl „lästiger, widerlicher Mensch" gehört vielleicht zu ndl.
akelig, dem sg. *ëʀlich* genau entsprechen würde, sowie zu
engl. *ake, ache* cf. Kluge¹ 68 f.

ėɔl „Elle" mhd. *ęlle,* ahd. *ęlina,* got. *alcina.*

véɔln „wählen" ahd. *węllen* aus **waljan* von *wala* „Wahl."

švéɔrn „schwören" ahd. *swęrien.*

gɔvéɔn „gewöhnen" ahd. *giwennan,* got. *vanjan.*

War nun umgekehrt die Dehnung früher eingetreten als der durch spätere Ableitungssuffixe meist nur nach Analogie bewirkte Umlaut an das *a* herantrat, so bildete man nach der Analogie des ungedehnten *a* die Umlautvocale des gedehnten, also *ä* nach dem *ä* und *ǟ* nach dem *ë* (vor Nasal). Schon diese Analogiebildung erweist diesen Umlaut als einen sehr späten, wie denn auch in jedem Fall die Formen mit *á,* die als Grundlage der Umlautbildungen gedient haben, vorhanden sind. Zuweilen verzichtet auch die Sprache hier auf den Umlaut überhaupt.

Beispiele:

für *ä*: *hä̂schɔ* dimin. zu *hâs* ahd. *haso;* *sä̂lchɔ* „Untertasse" dimin. zu *sâl* ahd. *scala;* *hä̂vṛn* „von Hafer" (z. B. Kuchen, Mehl) zu *hâṛ* ahd. *habaro;*

für *ǟ*: *hä̂mṛchɔ* dimin. zu *hâmṛ* ahd. *hamar; hä̂nchɔ* dimin. zu *hâ* „Hahn" ahd. *hano;*

für *á* (kein Umlaut): *glâsṛ* plur. von *glás* ahd. *glas; ráṛ* „Räder" plur. zu *rât* ahd. *rad; blâṛṛ* plur. zu *blât* ahd. *blat.*

In Siegen-Stadt steht hier überall gleichmässig *ǟ*: *hä̂sche; hä̂mṛchɔ; glä̂sṛ.* Es ist das wohl schriftsprachlicher Einfluss.

Vor *r* + Consonant, wo, wie oben gezeigt, Dehnung des *a* im Sg. sehr häufig ist, bleibt das *á* vor dem Umlaut geschützt. Ganz besonders zeigt sich das vor *r* + *w.*

fárkḷ „Ferkel" ahd. *farheli;*

färvɔ „färben" mhd. *vęrwen,* ahd. *farawên;*

gárvɔ „gerben" mhd. *gęrwen,* ahd. *garawên;*

árvɔʒ „Erbse" mhd. *arwiz,* ahd. *arawciz.*

Es bleiben noch einige besondre Eigentümlichkeiten der sg. Mundart, die sich auf *a* beziehen, zu erwähnen. Gemeinsam mit den übrigen ripuarischen und auch vielen andern md. Mundarten ist dem Sg. eine starke Abneigung gegen die Verdumpfung von *a* zu *o,* die ja auch in der nhd. Schriftsprache

vor *l* und *n* zuweilen eintritt. (Weinhold, mhd. Gr. ¹ § 22).
So haben wir:
sall „soll" ahd. *skal*, schon mhd. allgemein *sol;*
fä „von" rhfk. nd. *ran*, mhd. *ron, rone*. ahd. *fona, fana*.
Niemals tritt im Sg. Verdumpfung ein beim Umlaut, da
ja ein *ö* im grössten Teil des Siegerlands überhaupt unmöglich wäre. Hier steht immer das regelrechte *ä*, städtisch *ë:*
häll „Hölle" ahd. *hęlla*, got. *halja;*
šäbbə „schöpfen" mhd. ahd. *schępfen*, as. *skępian;*
šäffə (so in altem Sinn in *ortšäffə* „Ortsvorsteher") mhd.
scheffe, schępfe, urk. *scheffen* (sg. Uk. 302), ahd. *scęffin, scaffin*
wohl von ahd. *scaffan;*
läffl ahd. *lęffil;*
läšə „löschen" abd. *lęskan*, as. *lęskian*.
Die Dehnung haben wir ausser in *švêərn* (pg. 26) noch in
lêəv „Löwe" mhd. *lęwe*, ahd. *lęwo*.
Die sg. Vorliebe für reines *a* äussert sich ferner, wie im
Md. überhaupt (Weinhold, mhd. Gr. ¹ § 22) im Ausbleiben des
Umlauts:
drabbə „Treppe", schon im Mhd. stehn *tręppe* und *trappe* neben
einander.
šmaqqə „schmecken", schon mhd. ist das transitive und intran-
sitive Verbum vermengt, die im ahd. *smęcchen* (activ) und
smacchên (passiv) noch getrennt erscheinen.
frannrn, sęch frannrn „sich verheiraten", eigtl. „sich verändern",
nur noch archaisch gebraucht, vgl. Weinh. a. a. O. *rerandern*
Pass. K. 42, 85. *rerandern* sg. Uk. 213. Vilm 11 f.
Ziemlich häufig ist daher im Sg. auch der von Grimm
fälschlich so genannte Rückumlaut bei Verben der I. schwachen
Conjugation im Praeteritum erhalten. So haben wir abweichend
von der nhd. Schriftsprache Rückumlaut in
šdaldə zu *šdäln* „stellen" ahd. *stęllan, staljan*, Praet. *stalta*,
mhd. *stęllen*, Praet. *stalle*. Part. sg. *gəšdalt* mhd. *gestalt*, ahd.
gistalt(êr). cf. Weinhold, mhd. Gr. ¹ § 367; kl. mhd. Gr. ²
§ 121.
kvaldə, Part. *gəkvalt*, zu *kväln* (s. o.). Eine merkwürdige Parti-
cipialbildung ist sg. *gəkvaldə* in *gəkvaldənə doffļn* „Pellkar-
toffeln", eigtl. „abgekochte Kartoffeln."
saddə, Part. *gəsatt*, zu *sätzə* ahd. *sęzzan*, got. *satjan*. vgl. das

mhd. Praet. *sazte* und *satte*, sowie urk. *versatt* (sg. Uk. 261),
untentsatten (270), *versast* (312), *virsast* (313).

šraddə. Part. *gəšvatt*, zu *švätzə* „schwatzen“ mhd. *swętzen*.
vaddə, *gəvatt* von *vätzə* mhd. *wętzen*, Praet. *wazte*, ahd. *hwazzan*,
węzzən, agls. *hwętjan*.
šaddə, *gəšatt* von *šätzə* mhd. *schętzen*. Anders gebildet sind
mhd. *schatzen*, ahd. *scazzón*.

Andrerseits haben wir ein paar Fälle zu besprechen, wo
das Sg. abweichend von den meisten hd. Mundarten das *a* umgelautet hat. Es ist da zunächst der eigenthümliche Umlaut vor
š, der sich nach Behaghel (P. G. I, 3, pg. 560) auch in alemannischen sowie in westfälischen Dialekten (Soest, Ronsdorf)
findet. Auch im Ndl. kommt er vor. Umlautvocal ist natürlich *ä*, sg. st. *ë* cf. Heinz pg. 17. vgl. *fręš* (pg. 43).
fläšə „Flasche“ ahd. *flasca*, ndl. *flesch*.
väšə „waschen“ ahd. *wascan*.
däšə „Tasche“ ahd. *tasca*. Auch ein mhd. *tęsche* ist bezeugt.
cf. Schade ² ii, 923.
äšə „Asche“ ahd. *asca*; vgl. mhd. *ęsche* neben *asche*. Schade ¹
i, 32.

š scheint selbst dann umlautend gewirkt zu haben, wenn
noch Consonanten zwischen ihm und dem *a* standen:
äš (*ä* nach Analogie von *ä*) „podex“ zu mhd. ahd. *ars*; vgl.
agls. *ears* und mnd. *ęrs* neben *ars*; sg. st. haben wir *äš*
wohl unter schriftsprachl. Einfluss.
hęnš (*ë* für *ä* vor Nasal) „Handschuh.“

Auch *ch* scheint in ähnlicher Weise Umlaut bewirkt zu
haben:
mënchr „mancher“ zu ahd. *manag*. vgl. ndl. *menig*.
nächt „Nacht“ ahd. *naht*, got. *nahts*, lat. *nox*; vgl. agls. *neaht*,
neht.

Das gorm. o (ě).

Im Gotischen ist das germ. *ë* im Allgemeinen durch *i* vertreten; nur vor *r* und *h* ist der *e*-Laut erhalten, von Wulfila-
Jak. Grimm durch *ai* bezeichnet. Da nun ursprüngliches *i* vor
eben diesen Lauten zu *ai* gebrochen wurde, so fielen *i* und *ē*
im Gotischen völlig zusammen.

Grosse Einbusse erlitt das germ. *ë* auch im Westgerma-
nischen. Hier wurde es zu *i* gewandelt, wenn in der folgenden
Silbe ein *i, j* oder ein gedeckter Nasal, meistens auch, wenn
ein *u* folgte. Das so entstandene westgerm. *i* ist völlig mit
dem germ. *i* zusammengefallen und mit diesem weiter unten
zu behandeln.

Andrerseits behandeln wir hier unter dem *ë* die germ. *i*,
welche durch ein folgendes *a* zu *ë* gebrochen wurden. (s.
pg. 33).

Zunächst nun ist das Verhältnis des *ë* zu dem Umlaut-*ę*
näher ins Auge zu fassen. Während wir sahen, dass das *ę*,
ursprünglich ein ganz geschlossener Laut, später allmählich sich
dem *a* näherte, blieb das *ë*, welches ursprünglich offen war,
im Lautwert unverändert und bewahrte denselben in den meisten
Dialekten bis auf den heutigen Tag. So erklärt sich am
leichtesten die Verschiedenheit des *ë* und des *ę* in ahd. Zeit
und das spätere Zusammentreffen beider Laute, als *ę* dem *a*
zustrebte. So erklärt sich endlich auch der Umstand, dass
nach dem Ausgleich des 13. Jahrhunderts die Entwicklung
beider Laute in den meisten Mundarten wieder getrennt vor
sich ging. (Weinhold, kl. mhd. Gr.² §§ 5; 22.)

Wir haben daher auch heute in sehr vielen Dialekten
völlige Trennung von *ë* und *ę*. (Behaghel P. G. i. 3, pg. 561.)
Sind auch die einfachen Laute *ë* und *ę* vielfach nicht auseinan-
ander gehalten, so sind sie wenigstens in der Dehnung differenzirt, da hier ausgleichende Tendenzen sich nicht so leicht
geltend machen konnten.

Auch im Sg. hat es Interesse, dass heutige Verhältnis von
ë zu *ę* näher ins Auge zu fassen. Auch hier sind beide Laute
auf dem ganzen Gebiet auseinandergehalten nur in der Dehnung: gedehntes *ę* gab *êi*, gedehntes *ë* gibt naturgemäss langen
offenen *e*-Laut, *êê*, Unverlängert ist dagegen *ë* im grössten
Teil des sg. Sprachgebiets mit *ę* zusammen gefallen. So
haben wir in Siegen-Stadt das schriftsprachl. ausgleichende *ë*,
in Ferndorf das offene *ä* für *ë* wie für *ę*. Nur im südöstl.
dem südfrk. Nassau benachbarten Johannland ist auch die einfache Kürze des *ë* von dem *ę* geschieden. Während wir hier
ę durch *ä* vertreten sahen, wurde hinter dem seinen offenen
Lautcharakter beibehaltenden *ë* ein Stimmvocal vor dem Con-

sonanten eingeschoben, den wir füglich wieder durch ə bezeichnen. Ahd. *brëhhan* erscheint also im Sg.: sg. st. als *brëëhə*, fdf. als *bräcḥə*, eis. joh. als *brëëχə*.

Beispiele:

ët „es" mhd. *ëz*, ahd. *iz*, got. *ita.* Daneben die enclit. Form *ət*. *ëəzzə* „essen" ahd. *ëzzan*, got. *itan.*

gëəslrn „gestern" ahd. *gëstaran*, got. *gistra-[dagis].*

blëəz „Scheuerlappen" stimmt lautlich wohl zu ahd. *plëz*, nuklar aber ist das Verhältniss zu got. *plats.* Ein ahd. **plẹz*, umgelautet aus got. *plats*, müsste sg. joh. **bläz* lauten, auch wäre der ahd. Umlaut durch nichts begründet. cf. Vilm 303.

šëəpp „schief" stellt sich zu nhd. mundartl. Formen wie hess. *šëp* Vilm 344, schwäb. *šcps*, und lässt auf ein mhd. *schëp* schliessen. Kluge [4] 300.

rëəffə „schelten", „tadeln" zu mhd. *rëffen* neben *rcfsen* aus ahd. *rafsjan, rafsan.* Schade [2] II, 698.

blëəqq „bloss" zu mhd. *blëczen*, ahd. *plërchazzen* „blitzen", gr. φλέγω. Dazu auch sg. *blëəχ* „Blech" ahd. *plëh*, schwed. *blёck.* *lëəqqə* "lecken" ahd. *lëchôn.*

sëəχ „Pflugmesser" ahd. *sëh*, Schade [2] II, 749; Kluge [4] 323. Davon *sẹchl* „Sichel" ahd. *sihhila* mit *i*-Suffix. vgl. lat. *secare.*

krëəχə „gedörrtes Kartoffelstroh" entspr. dem nd. *quëcke*, ndl. *kweck*, agls. *cwïce.*

fëəll ahd. *fël*, got. [þruts]-fill.

fëəll „Feld" ahd. *fëld*, engl. *field.*

hëəlfə „helfen" ahd. *hëlfan*, got. *hilpan.*

bëərch „Berg" ahd. *bërg.*

sdëərkə „junge Kuh, die noch nicht gekalbt hat", ein nd. Wort, wohl zu got. *staira* „unfruchtbar", lat. *sterilis* gehörend. Kluge [4] 338.

sdëərrə „sterben" ahd. *stërban.*

nëəmmə „nehmen" mit nachträglich erst verdoppeltem *m*, da sonst *i*, sg. ẹ hätte eintreten müssen, ahd. *nëman*, got. *niman.*

Die Dehnung des *ë* ergibt, wie bereits oben erwähnt, offenen langen *e*-Laut, *ā̈*, wobei vor echtem *r* sich ein Stimmvocal (ə) entwickelt. Heinz. pg. 18 f.

Beispiele:

braͤt „Brett" ahd. *brët.*

baͤrə „beten" ahd. *bëtón,* got. **bidan.*

aͤrṛn „etwas (bes. gehacktes Holz) in bestimmter Ordnung aufschichten", so dass ein „*aͤrṛ*" entsteht, schon von Heinz. pg. 109 richtig zusammengebracht mit mhd. *ëter,* ahd. *ëtar* „geflochtener Zaun", auch „umzäuntes Land", as. *ëdor,* an. *iaðarr,* langbd. *ider.* Schade² I, 154.

laͤsə „lesen" ahd. *lësan,* got. *lisan.*

baͤsṃ „Besen" abd. *bësamo.*

fraͤrḷn in der seltsamen verengten Bedeutung „Holz stehlen" zu nhd. *freveln* von mhd. *rṛ vel,* ahd. *frarili.* Hier scheint Vertauschung von *ë* und *ę* vorzuliegen.

šraͤvḷ „Schwefel" ahd. *swëval,* got. *sribls.*

laͤrə „leben" ahd. *lëbën,* got. *liban.*

blaͤjə „pflegen" ahd. *pflëgan.*

blaͤkə „schreien" ist wohl ein nd. Wort und entspricht genau nd. *bleken,* das dann *ë* haben muss. Davon nhd. *blöken.* Heinz. Wb. 23.

šdaͤər „Widder" ahd. *stëro.*

aͤər „Erde" ahd. *ërda,* got. *airþa.*

haͤərt „Herd" ahd. *hërd.*

raͤərn „währen" ahd. *wërën*; vgl. damit *rëərn* ahd. *węren, węrian.*

zraͤərš „quer", „verkehrt", „querköpfig" mhd. *twërch,* ahd. *dwërah,* got. *þvaírhs.* Dass übrigens in diesem Wort sg. *zw* aus nhd. *tw* gegenüber nhd. *qu* nicht charakteristisch ist für das Sg. zeigt sg. *kräts* „Zwetsche" cf. Kluge⁴ 403.

maͤl „Mehl" ahd. *mëlo.*

raͤ „Regen" ahd. *rëgan,* got. *rign;* vgl. engl. *rain.*

Vor *r* und *h,* die hier, ganz besonders wenn *i* oder *e* folgte, palatale Articulation gehabt haben müssen, scheint in mhd. Zeit *ë* in der Aussprache häufig zu *i* geneigt zu haben. Das beweisen urkundliche Schreibungen wie *Hirren* (245), *herbrige, hirbrige* neben *herberge* (266), *sicnt* (130; 131; 132; 140; 169; 211 etc.), *geschien, virtzienhundert, zienden, ziehenden, zinden* (Manger, die sg. Orte Wilnsdorf, Wilgersdorf und Rödgen. pg. 8 f.) *rumftzien* (sg. Uk. 268.). Weinhold, mhd. Gr.¹ § 113.

Durch unter Ausfall von *h* eingetretene Contraction sind einige von diesen geschlossenen *e* als *ê* festgehalten worden. Belege dieser Contraction haben schon die Urkunden, sofern in den Schreibungen *seynt* (152; 188; 191), *seyn* (267; 333), *sein* (288), *zeynden* (293) die ndfk. Schreibung von Diphthong für langen Vocal vorliegt. (Behaghel: P. G. I, 3, pg. 565.) — vgl. Weinhold. mhd. Gr.¹ § 68. ² §§ 52. 53.

Hierher gehören:

sê „sehn" ahd. *sëhan.* got. *saihvan*; vgl. md. *sên*, *sîn*, *sien* Schade ² II, 749, ndl. *zien.*

gəsê „geschehn" ahd. *giscëhan*, mndl. *geschien.*

zê „zehn" ahd. *zëhan.* got. *taihun*, ndl. *tien*, agls. *týn.*

Vor *r* hat sich für *ë* geschlossener *e*-Laut nirgends erhalten. Hier ist im Gegenteil das *r* durch einen folgenden *a*- oder *o*-Vokal guttural geworden, und diese Articulationsänderung hat oft in der Weise auf das vorhergehende *ë* gewirkt, dass es zu *a* gewandelt wurde. Das geschah in *harzə* „Herz" ahd. *hërza.* got. *haírtô.* vgl. mklbg. *hart.* Daneben schon das schriftsprachliche *hërzə.*

baršdə nur noch gebräuchlich in dem Ausdruck *bûrštlächə* „ein Lachen, dass es zum Bersten ist." cf. agls. *berstan*, ndl. *bersten*, dafür ahd. *brëstan.* Weinhold, mhd. Gr. ¹ § 23.

harr „Herr" ist zwar schon fast allgemein durch das schriftliche *hërr* ersetzt, doch ist es noch fest in der bedauernden Interjection *aö harr!* „o Herr!" Dass sich gerade hier das alte *a* erhielt, erklärt sich einmal aus der Festigkeit solcher Termini im Allgemeinen, dann aber auch aus einer gewissen Scheu, den Namen Gottes mit *hërr* auszusprechen. Aus demselben Bedürfnis erklären sich Verwünschungen wie *donnrlërr* statt *donnrrërr*, *donnršdáx* statt *donnršláx*, *barár dr šimml* statt *barâr dr himml*; vgl. auch das sächs. *Gott Strambach!* „Gott straf mich!", sowie dialekt. *kriegsl die Motten!* = „Christi Martern!"

Das Lehnwort *párt* „Pferd", mhd. *pfërt*, *pfërit* aus mlat. *parareredus* gehört dagegen wohl nicht hierher.

Aus einer analogiehaften Einwirkung des *i* der folgenden Silbe erklärt sich das *e* in sg. *relich* „welcher"? mhd. *wëlch*, *wëlich.* vgl. das urk. *wilch* (187, 195, 260, 266, 310, 320, 332), sowie obd. *welch* mit geschl. *ç*-Laut, und auch obd. *fçls*, ahd. *felis*; cf. Behaghel in P. G. I, 3, pg. 562. Weinhold, mhd. Gr.[1] § 39.

Das germ. i.

Das germ. *i* erhielt bedeutenden Zuwachs an den *i*, die vor *i* (*j*), gedecktem Nasal und *u* aus ursprünglichem *ë* entstanden und vollständig in die Reihen der idg. *i* eingerückt sind. Andrerseits wurde es im Hd. in seinem Bestand dadurch geschmälert, dass *i* bei *a* der folgenden Silbe zu *ë* gebrochen wurde. (s. pg. 29).

Im Mnd. wurde *i* in offener Silbe zu *e* gesenkt. Diese Erscheinnng drang vom Nd. auch in das Md. und sogar in obd. Mundarten, wie das Schwäbische. Ebenso verbreitete sie sich auch von offener Silbe über geschlossene Silben. vgl. Wülcker: „Betrachtungen auf dem Gebiete der Vocalschwächung im Mbd., bes. im Hess. und Thür." Frankfurt a. M. 1868. Weinhold, mhd. Gr.[1] §§ 32. 33.; kl. mhd. Gr. § 25. Behaghel P. G. I, 3, pg. 562.

Die sg. Urkunden haben zwar *i* meistens noch erhalten, indessen sind auch die Senkungen des *i*-Lautes zu *e* schon sehr zahlreich. So lesen wir *desen* (191, 260, 211), *weder, verzeyen* (191), *rirceyin* (214), *innesegil* (211), *ingesegil* (212), *ingesegele* (260, 263), *ingesegeln* (266), *besegilt* (212), *rorgeschrebin* (212), *seben* (235), *medegabe* (266), *ere* (293), *burchfrede* (260). Zur Zeit der Abfassung dieser Urkunden, zwischen 1250 und 1350, mag die Schreibung *e* für *i* gerade in der Entwicklung begriffen gewesen sein. Das zeigen uns Schreibungen wie *widirrede* (195), *ingesiegel* (244), *ingesiegil* (245), *diesen* (250), die keineswegs unsern nhd. gleichwertig sind, wie auch das Vorkommen von *i* und *e* in derselben Urkunde nebeneinander: 212: *desin, desir, dese, diser*; 28: *besegeln, ingesigelin.*

Heute ist die Senkung des *i* zu *e* im Sg. wie auch sonst rip. mit wenigen Ausnahmen in offener wie in geschlossener Silbe ganz allgemein durchgedrungen. Das Ripuarische, und damit auch das Siegensche, gibt hier, wie noch öfter wieder, ein Beispiel, dass es eine ursprünglich vom Nd. übernommene Lauterscheinung viel mannigfaltiger entwickelt und viel besser

bewahrt hat als das Nd. selbst. Noch schärfer aber als
von dem Nd. scheidet sich das Sg. hier von dem angrenzenden südfrk. Nassauischen, welches das *i* in sehr zahlreichen
Fällen ungeschwächt erhalten hat. cf. Heinz. pg. 19 f.

Die Zahl der erhaltenen germ. *i* ist im Sg. sehr klein.
Wir haben es vor *r*, das damit wieder die schon beim *ë* be-
wiesene Vorliebe für palatalen Laut documentirt. Hierdurch
tritt der siegener Dialekt in strikten Gegensatz zum Gotischen,
wo ja *i* vor *r* gebrochen wird. Es ist daraus auf gänzlich
verschiedene Articulation des *r* zu schliessen.

Beispiele:
hirdə „Hirt" ahd. *hirti*, got *hairdeis*.
rirt „Wirt" ahd. *wirt*, as. *wërd*, got. *vairdus*.
hirš mhd. *hirz*, ahd. *hiruz*, agls. *heort*. Neben diesem gewöhnlichen *hirš* findet sich sg. die alte Form *hirz* wie auch hess.
und alemann. (Kluge[4] 144) erhalten. Wir haben sie noch
in *gəhanzhirz* „Hirschkäfer", so genannt, weil er um Johauni,
gəhanzdâχ, zu fliegen pflegt. cf. Vilm. 171.
širrl „Scherbe", dann auch mit merkwürdiger volksetymolo-
gischer Uebertragung „Schädel", zu mhd. *schirbe* neben
schërbe, ahd. *scirbi*; vgl. des Suffixes wegen lett. *schkërpele*
„Holzspan". Kluge[4] 299. Das Wort zeigt Schwächung des
Stammvocals von sg. *šârrə*. (s. pg. 18).
birkə „Birke" ahd. *birriha*, ndl. *berk*.
kirchə ahd. *chirihha* aus wallis. *cyrch*, *cylch* Schade[2] I, 491.
zvirn mhd. *zwirn* zu ahd. *zwirnên*.
hirn ahd. *hirni*.
kirn „Butterfass", dazu das vb. *kirn* „buttern", auch sonst in
nhd. Mundarten noch häufig (Heinz. pg. 58; Schmidt 79;
Vilm 199), vgl. oberpfälz. *kern* „Rahm". Dazu agls. **čirne*,
*čyrne, ndl. *karn*, an. *kirna* „Butterfass", ferner agls. *čyrnan*,
engl. *to churn*, ndl. *karnen* „buttern", isländ. *kjarne* „Rahm".
Schade[2] II, 690; Kluge[4] 167.

Unorganisch steht *i* in *kirrl* „Kerbel", mhd. *kërvele*, ahd.
kërrola, wahrscheinlich entlehnt und entstellt aus lat. *caerifolium*.

Das Wittgensteinsche muss stark gutturales *r* gehabt haben,
denn wir haben hier wie hessisch stets Brechung des *i* vor *r*

(Heinz. pg. 27; Vilm pg. 200.) Solche Formen sind nun an der Ostgrenze auch ins Siegerland eingedrungen. So in hilchb. *kërchɔ*, wilnsdf. *hërdɔ*.

Stets tritt auch sg. Brechung ein vor *rr*, was wohl aus der grossen Intensität des Reibelauts zu erklären ist. Brechungsvocal ist *ę* mit nachgeschlagenem *ɔ*: *ęarr* „irre", ahd. *irri*, agls. *yrre*, got. *airzeis*. *sęch ręɔrn* aus **ręɔrren* zu ahd. *wërran*. *gęsęɔrr* „Geschirr" mhd. *geschirre*, ahd. *giscirri*.

Im Gegensatz zu *rr* haben *ll* und die geminirten Nasale, oft auch *l* und Nasal + Cons., zuweilen, doch nicht immer, die Fähigkeit *i* ungeschwächt zu erhalten. Diese Erscheinung ist in Eisern häufiger als in der Stadt, was wohl auf sdfrk. Einfluss beruht.

sbillmâ „Spielmann" zu ahd. *spilôn*, eis. *sbiln*, sg. st. *sbęln*. *bilt* ahd. *bilidi*; sg. st. *bęlt*. *himml*, sg. st. *hęmml*, ahd. *himil*, got. *himins*. *kinn*, sg. st. *kęnn*, ahd. *chinni*. *kinnchɔ* dimin. zu *kęnt*, *kęɔnt* „Kind". *svinn* „schnell" mhd. *swinde*, got. *swinþs*, an. *svinnr*.

In weit zahlreichern Fällen steht jedoch auch in Eisern *ę*. Beispiele pgg. 37. 38.

Im Dialekt des Ferndorftals bleibt *i* auch erhalten vor *v*, das sich hier aus *n* + Muta im Inlaut entwickelt: *sivɔ* „singen" ahd. *singan*, got. *siggvan*. *fivɔ* „finden" ahd. *findan*. *kivr* „Kinder", plur. zu ahd. *chind*. Im Auslaut bleibt die Muta erhalten und tritt damit Senkung des *i* zu *ę* ein: *kęnt*, *ręnt* etc.

Vor allen übrigen Consonanten tritt sg. consequent die Senkung des *i* zu *ę* ein. Während nun in den übrigen sg. Mundarten dieses Senkungs-*ę* sich überall gleichmässig zeigt, bietet mit der johld. die Mundart von Eisern eine Entwicklung, die dadurch hochinteressant ist, weil sie uns vielleicht die ahd. Brechung des *i* zu *ë* erklären kann. Hier bleibt nämlich das Senkungs-*ę* unversehrt nur dann, wenn *i* oder *j* in der folgen-

den Silbe steht resp. gestanden hat. Stand dagegen hier ein
andrer, dumpfer Vocal, so übertrug sich dessen Klangfarbe auf
den vorhergehenden Consonanten, und dieser Vorgang findet
dadurch seinen Ausdruck, dass hinter dem palatalen *ę* ein
vermittelndes, neutrales *ə* eingeschoben wird. So erhalten wir
hier für *i* ein *ęə*, das wohl zu unterscheiden ist von dem für
ě eintretenden *ëə*. Dieser Unterschied tritt in der Aussprache
klar zu Tage in sg. *sëəlęr* „selbst" ahd. *sëlb*, got. *silba* und
sg. *sęəlęr* „Silber" ahd. *silbar*, got. *silubr*.
In dieser Lauterscheinung des Sg. haben wir wohl die
Anfänge einer neuen Brechung von *i* zu *ë* zu erblicken,
welche zwar weitere Grundbedingungen hat als jene erste
hochdeutsche Brechung aber trotzdem geeignet ist, uns einen
Blick in das Wesen derselben zu eröffnen. Ist dies richtig, so
haben wir in der nd. md. Senkung von *i* zu *ę* nichts als die
Vorstufe zu einem sich vorbereitenden zweiten grossen Uebertritt von germ. *i* zu *ë* vor uns. So wirken Lautgesesetze noch
jahrhundertelang nach, wenn auch ihre Grundbedingungen
längst verschwunden sind.

Erläutern kann man das Verhältnis von *ę* zu *ęə* an eis.
męddə „Mitte, mhd. *mitte*, ahd. *mitti* gegenüber adj. *męəddə*
„mitten", „mitten befindlich" zu ahd. *in mittamen* von *mittamo*.
Ebenso *męsdə*, ahd. *mistina* „Düngerstätte" zu *męəst* ahd. *mist*,
got. *maihstus* „Dünger".

Beispiele für *ę*:

sętzə ahd. *sizzan*, as. *sittian*.

śmętzə, *sęch śmętzə* „sich mit Russ beschmieren", verengte Be-
deutung zu mhd. *smitzen*, ahd. *smizzen*, *smizjan*. Dazu *śmętz*
„Russflecken". Eine andre Stufe der Wurzel hat mhd. *smutz*,
(Wz. *smut-*). cf. hess. *schmitzlich*, Vilm. 359.

dęstl „Distel" ahd. *distila*.

dęśr „zwischen" aus ahd. *in zwiskén* von *zwiski*. Das Sg. hat
hier *t* nicht verschoben, wie auch die urk. Formen bezeugen,
die freilich oft *twi* zu *tu* gewandelt haben: *twischen* (sg. Uk.
28), *tusschen* (191), *tüschen* (229), *tuschen* (268) etc.

męssə „entbehren" mhd. ahd. *missen*, got. **missjan* ist nicht
belegt.

rębbə zu ahd. *rippi* neben *rippa*.

šblęcko „spalten" (Heinz. pg. 75.), nass. *splicken* (Kehr. 384.) gehört offenbar zu dem Stamm von nhd. mhd. *splitter*, sg. *šblęddr*, engl. *split*. Dazu als Hochstufe sg. *šblizzo*, Tiefstufe (*splţt-*) sg. *šbálo*, cf. mhd. *splizen* und ahd. *spaltan*.

bęckl „Salzbrühe" ist ein ursprünglich nd. Wort. Es entspricht holl. *pekel* und engl. *pickle*, das uns geläufig ist in dem Namen des Hanswursten der Schaubühne des 17. Jahrhunderts, *Pickelhering*. Davon nhd. *Pökel* cf. Kluge[4] 265.

ręcko (e. dat. pers., acc. rei) „im Stillen Imd. etwas geweiht, gewünscht haben", z. B. *ainm šlęï ręcko* „jemand zu prügeln beabsichtigen", stellt sich der Form nach zu nd. md. *wicken* „wahrsagen", zaubern", „praestigiari", agls. *wiccjan*, auch in Hessen bekannt (Vilm. 454), cf. Schade[2] II, 1155; vgl. nd. *wcerwikker*, „Wetterprophet", *wikkroode* „Wünschelrute". Das sg. Wort ist vielleicht geeignet mit seiner Bedeutung zwischen diesem nd. md. *wicken* und dem schon von Grimm (D. Myth.[2] pg. 986) dazu gestellten ahd. *wihan*, mhd. *wihen* (Part. *gewigen*), wozu *erwigen* „vornehmen", „in Angriff nehmen", zu vermitteln.

bręskl „kleine Talschlucht mit Quellen" ist der Form nach dimin. zu nd. *brink* „grüner Hügel", engl. *brink* „Uferrand", schwed. *brink*, an. *brekka* „Abhang". Vilm. 58.

męll „mild" ahd. *milti*, got. *mildeis*.

šęllin bedeutet sg. die Zwölfzahl in gewissen Verbindungen (*n š. air*, *n š. šanzo* u. ä.); ahd. *scilling*, got. *skilliggs* bedeuten wohl eigtl. „klingende Münze", von *skęllan* „tönen" gebildet. Wegen der Zwölfzahl vgl. 1 engl. *shilling* = 12 pence.

Beispiele für *ęo*:

ręott „aus Reisern gedrehter Strick" entspr. ahd. *wid*, md. *widde* (nhd. bair. *wid*), sowie slav. Wörtern vgl. Heinz. pg. 119 Schade[2] II, 1136. Dazu ahd. *wëtan*, got. *widan*, Schade[2] II, 1136. Nasalirung zeigt ahd. *windan*, davon sg. *ręnsl* „aus Stroh gedrehter Strick".

glęott „Glied" ahd. *gilid*, got. *lipus*.

bręoddo „ein Complex von Stämmen, die aus einer Wurzel wachsen". Es geht wohl zurück auf got. *cripus* „Trupp", „Rudel", „ἀγέλη", vgl. agls. *wräð* „Trupp", dän. *wraad*. Schade[2] II, 1207.

br̥əst f. „Rücken des Fusses" entspricht ahd. *wrist*, hess. *frist* (Vilm. 111), agls. *wrist*.

nṛəbbə, lautlich dem nhd. *nippen* entsprechend bedeutet sg. „einschlummern", „einnicken", dazu führt Heinz. pg. 77 mhd. *nipfen*, agls. *hnipan*, an. Die urspr. Wurzel ist wohl *hnīq-*, weshalb nhd. *nicken*, ahd. *hnigan*, lat. *conivere* und got. *hneivan* „κλίνειν" (Schade² I, 409. Kluge⁴ 245) hierher gehören können. Die Stufe *hnuq-* läge dann vor in sg. *nubbə* „Neigung", „Lust", cf. Vilm. 287.

lṛəbbə „Rockschoss", „ora vestis" ist lautlich dasselbe Wort wie das von Luther aus dem Nd. (agls. *lippa*, ndl. engl. *lip*) herübergenommene nhd. *Lippe*. Diese Wörter enthalten wohl sicher die Tiefstufe zu and. *lap*, agls. *leap* „ora vestis" (Schade² I, 535.) Dazu gehört sicher wieder ahd. *lappa*, agls. *læppa*, an. *lappi*, sg. *labbə* mit vb. *labbə* wie mhd. *lappen* „flicken". Es bedeutet also nhd. *Lippe* wohl weiter nichts als „Läppchen" und gehört zu lat. *labrum*, wovon lat. *lambo* wie auch ahd. *laffan* erst Ableitungen sind. (Kluge⁴ 214.) Als nasalirte Wurzeln treten dazu sg. *ləmbə* „Lumpen" (*ləmb-*) und vielleicht die Bezeichnung der Tierfabel für den Hasen *Lampe* (Wz. *ləmb-*), die dann von den langen Ohren, (jagdtechn. den „Löffeln"), hergenommen wäre. (Kluge⁴ 199.) vgl. noch comasc. *lapina* „Ohrfeige" (Schade² I, 536).

šṛəff „Schiff" ahd. *scif*.

šdṛəx „Stich" und „plötzliche Steigung" ist wohl auch lautlich eine Combination von ahd. *stich* und *stēga*.

rṛəqq „Reck zum Kleideraufhängen" entspricht mhd. *ric* lautlich genau. Schade² II, 715.

šṛəlt „Schild" ahd. *scilt*.

šdṛəmm „Stimme" ahd. *stimma*, got. *stibna*.

šbṛənn „spinnen" ahd. got. *spinnan*.

grṛənn „Spinne", ein eigentüml. Wort, es ist vielleicht das mhd. *krinne*, ahd. *chrinna* „Kerbe", Einschnitt", und wäre dann die Spinne im Sg. nach ihrem Körperbau benannt. (vgl. Insect von *secare*.)

rṛənt „Wind" ahd. *wint*, got. *vinds*.

brṛəŋə „wringen" mhd. *wringen*, ahd. *hringan*. Heinz. Wb. 36.

sṛəŋkə „sinken" ahd. *sinchan*, got. *sigqan*.

Auffällig gegenüber schriftsprachl. *bringen* ist sg. *brëno*.
Hier war *ë* für *i* im Md. von jeher besonders beliebt. cf.
Weinhold, mhd. Gr. [1] § 32. Das *ë* scheint hier nd. zu sein:
mnd. *brengen*, as. *brengian;* vgl. sg. Urk.: *brengen* 266. 320.
Sg. *sbęatz* „spitz" deutet auf eine Form ohne *i*-Suffix neben
ahd. *spizzi.* Dafür spricht auch das subst. *sbętzdo* „Spitze".

Eine eigentümliche Entwicklung zeigt *i* vor urspr. *g.* Hier
scheint die Dehnung der offenen Silbe sehr früh eingetreten
zu sein, worauf dann *g* sich zu *j* erweichte. Das so entstandene *ij* vor Vocal fasste man nun als ein urspr. *i* auf,
aus dem vor Vocal das *j* entwickelt worden wäre, (s. unter
dem *i*), behandelte es genau wie dieses und es ergab sich
ein *ëi.* So konnte im Sg. ahd. *igel* „Igel" zusammenfallen mit
ahd. *ūwila*, mhd. *iuwel*, indem sieg. für mhd. *iu* ein *i* eintrat.
Sg. *ëil* bedeutet also sowohl „Igel" als „Eule".
rëil „Riegel" ahd. *rigil.*
dëil „Tiegel", [ahd. *tëgal*]. nord. *digull.*
śdrëil „Striegel" ahd. *strigil* und
sëil ahd. *sigil* sind lat. Lehnwörter.
In Siegen-Stadt haben wir hier die regelmässigen Formen
ęil, ręil etc. In ganz östlich gelegenen Dörfern spricht man
dagegen das alte reine *i*: *siil, riil,* wobei man nach falscher
Analogie sogar Formen wie *fiil* „Vögel", eis. *fëil* bildet, was
uns beweisen kann, dass auch dort einmal *ëi* vorhanden gewesen ist.

Abweichend vom Nhd. haben wir im Sg. die alte volle
Brechung des *i* zu *ë* — also eis. *ë*, sg. st. *ë*, fdf. *ä* — in einigen
Formen des Fürworts der 3. Person, was wohl auf nd. Einfluss
beruht. Wir haben also:
ëomm, dat. sing., ahd. *imo*; cf. mndl. *hem*, mengl. *hem* neben *him.*
ëonn, acc. sing. und dat. plur., ahd. *inan, in* resp. *in*, mndl. *hen.*
ëeor, dat. sing. fem., ahd. *iru*, mndl. *her*, mengl. neugl. *her.*
cf. Heinz. pg. 22. Weinhold, mhd. Gr. [1] §§ 458; 459.

Interessant sind im Sg. die Verhältnisse der ablautenden
Verba der *i*-Klasse (3. u. 4. Klasse der ablautenden Vb.) im Sing.
des Praesens. Im Dialekt von Eisern hatte das *i* des Suffixes

in der 2. u. 3. Pers. Sing. die Kraft, bei den Verben mit gedecktem Nasal das lautgesetzlich entstandene *i* vor der spätern,
eben beginnenden sg. Brechung zu schützen, bei den andern
Verben das urspr. *ë* zu *i* zu wandeln. Eis. steht also in diesen
Formen immer *ę*, da *i* nachträglich zu *ę* geschwächt wurde;
also *nęmst, nęmt* (mit urspr. einf. *m*) und *šręmst, šręmt* (mit
urspr. gemin. *m*). In der ersten Pers. Sing. haben wir dagegen
nëmmə, Inf. *nëmmə* und *šręmmə*, Inf. *šręmmə*. Hier sind also
die alten Lautverhältnisse noch viel klarer als in der Schriftsprache, wo für *ę* und *ęə* gleichmässig *i*, für *ëə* aber *e* steht,
und auch deutlicher als in Sg. St., wo *ęə* und *ę* gleichmässig
durch *ę*, *ëə* durch *ë* vertreten ist. cf. Heinz. pg. 22.

In den von Heinz. pg. 21 angeführten Verbalformen *sist*,
sitt und *gəšitt* zu *sé* und *gəšé* ist die Erhaltung des *i* nicht,
wie H. meint, aus dem blossen Ausfall von *h* zu erklären. Es ist
vielmehr, nachdem *ë* vor *i* der Endung lautgesetzlich in *i* übergegangen war, unter Ausfall von *h* Contraction eingetreten,
wie auch im Infinitiv (s. pg. 32). Da dieselbe vor der sg.
Schwächung von *i* zu *ę* eintrat, so entstand als Contractionsvocal *í*, das dann lautgesetzlich zu *i* verkürzt wurde.

Noch anders sind die Formen *zist*, *zitt* zu erklären, wo *i*
als Verkürzung aus *í* steht, das vor *i* der Endung der lautgesetzliche Vertreter von germ. *eu* ist. (s. unter *eu*).

In urspr. offener Silbe wird das zu *ę* gesenkte *i* auch gedehnt. Hinter dem so entstandenen *ë* behält im Allgemeinen
auch der folgende Consonant seine palatale Färbung. Nur *r*
macht eine Ausnahme, das zeigt der davor eintretende Stimmvocal *ə*.

Beispiele:

gərërə ahd. *garitun*, Part. zu *rirə* „reiten."

vës „Wiese" ahd. *wisu*.

kësĮ „Kiesel", auch noch „Hagel", „Schlosse" wie ahd. *chisil*.

sërə „sieben" ahd. got. *sibun*.

fë „Vieh" ahd. *rihe*, got. *fihu*.

rëj „Wiege" ahd. *wiga*.

dël „Diele" ahd. *dili*.

švêl „Schwiele" ahd. *swilo.*

smêərn „schmieren" mhd. *smirn,* ahd. *smirwen.*

Eine eigentümliche Erscheinung ist das *ê* vor *cht* im Sg. Im Hd. haben wir hier die volle Brechung zu *e,* im Sg. scheint wie im Nd. das palatale *ch* die Brechung verhindert zu haben. Dafür trat nur die Senkung zu *ę* ein, das dann gedehnt wurde. vgl. die Diphtongirung im Altfries. und im Engl.

slêcht „schlecht", [ahd. *slêht* got. *slehts*], entpricht vielmehr mhd. *slihte,* afris. *sliuht,* engl. *slight.*

gnêcht „Knecht", [ahd. *knêht*], agls. *cniht,* afris. *kniucht,* engl. *knight.*

sęch rêchdə „sich ordentlich betragen", in der Bedeutung wie in der Form entsprechend mhd. *richten,* ahd. *rihten,* as. *rihtian,* got. *raihtjan.* Hier hat das *j* des Suffixes auch im Hd. die Brechung verhindert.

flêchdə [zu ahd. *rlêhtan*] Kluge [1] 87 und *sbêcht* „Specht", [ahd. *spêht*], Schade [2] II, 849 sind wohl lat. Lehnwörter.

Das idg. *o* ging dem Germ. verloren dadurch, dass es zu *a* wurde. So in got. *ahtau,* ahd. *ahto,* lat. *octo*; got. *nahts,* ahd. *naht,* lat. *nox* u. s. f. (vgl. Brugmann Grdr. § 87. Kluge in P. G. I, 2, pg. 350.).

Dafür entwickelte das Germ. aus dem idg. *u* ein Brechungs-*o,* das wir jedoch unter dem germ. *u* zu betrachten haben.

Das germ. u.

Das germ. *u,* teils dem idg. *u* entsprechend, teils, in der Umgebung von Liquida und Nasal, aus *ə* hervorgegangen (cf. Brugmann Grdr. §§ 222; 284; 299.), wurde im Got. durch folgendes *r* und *h* zu *o* gebrochen, von Wulfila-Grimm *aú* geschrieben.

Viel weiter geht die Brechung des *u* im Hd. Hier bleibt *u* erhalten immer vor *i, j* und *u* der folgenden Silbe sowie vor gedecktem Nasal, meistens auch vor Liquida und Nasal überhaupt. Dagegen wird *u* der Stammsilbe zu *o* gebrochen durch

ein *a* des Suffixes, es sei denn, dass gedeckter Nasal den
Stamm schlösse, der *u* auch hier unversehrt erhält (Kluge
in P. G. I, 2, pg. 355).

Was die Aussprache des Brechungs-*o* angeht, so muss
dieselbe eine ziemlich offene, nach *a* neigende gewesen sein.
Besonders vor *r* zeigt sich diese Neigung zu *a*, so dass z. B.
as. vor *r* nicht selten *a* für *o* geschrieben wird, wie denn
auch mhd. Denkmäler aus Baiern und Oesterreich *o + r* und
a + r auf einander reimen. Und noch heute geht *o* vor *r* im
Bair. gern zu *a* über. vgl. Behaghel P. G. I, 3, pg. 562.
Auch der siegener Dialekt hat für das alte Brechungs-*o*
einen sehr offenen *o*-Laut, der etwa dem im Engl. vor Liquiden für *a* eintretenden Laut entspricht und den wir mit *ǫ* bezeichnen wollen.

Beispiele:

šbǫtt ahd. *spot*.

hǫddǝ „das Feste in der gekochten geronnenen Milch", „Quark",
ist schwer zu beurteilen. Nach Wöste (Corrbl. des Vereins
für nd. Sprf. 1877. pg. 87) gehört das Wort, das auch in
westfäl. Dialekten als *hottekiǝtel* u. ä. erscheint, zu ahd. *skotto*
mhd. *schotte*, eine Entwicklung, die an sg. *hǟǒdǝ*, das eine
Flachssorte bezeichnet, aus ahd. *scota* (Schade² II, 802) ein
Gegenstück hätte. Im „Freien Grund": *hǫddǝ* „Schote".

rǫst „rubigo" ahd. *rost*, sg. wohl unterschieden von *rǒst* „cra-
ticula" ahd. *ròst* und *rǒst* „Russ" ahd *ruoz*.

qǫpp „Kopf" ahd. *chopf*. Die alte Bedeutung „Trinkgefäss",
vorliegend in an. *koppr*, hat im Sg. das Diminutiv *köppchǝ*
„Obertasse" bewahrt. cf. engl. *cup*.

brǫffǝ „pfropfen", *brǫffris* „Pfropfreis" zu mhd. *pfropfen*, ahd.
pfropfo. Interessant ist die verschiedene Behandlung der *p* in
An- und Inlaut.

rǫqqǝ „Rocken" ahd. *roccho*.

lǫχ „Loch" ahd. *loh*.

fǫɔ̃l „Vogel" ahd. *fogal* neben *fugal*.

qǫlu „Kohlen (der Sing. hat Dehnung: *qǟǒl*) ahd. *cholo*.

hǫrn „Horn" ahd. *horn*, got. *haúrn*.

Seit dem 12. Jahrhundert begann auch das aus *u* durch
Brechung entstandene *o* durch *i, j* eines nachträglich ange-

fügten Suffixes umgelautet zu werden. Da der sonst im Hd. sich ergebende Umlautvocal *ö* wie in vielen md. Mundarten so auch in dem grössten Teil des siegerländer Sprachgebiets unbeliebt war, so trat der entsprechende helle Laut, offenes *e* (*ë*), ein. Nur in Ferndorf und in Freudenberg haben wir *ö*.

kësdə „Kosten", nur noch archaistisch für neueres *qɔsdə*, mhd. *koste, kost*.

frëš „Frosch", der Umlaut ist wohl durch *š* bewirkt (cf. *äšə* pg. 28), ahd. *frosk*.

gnëbbə, plur. zu *gnŏpp* ahd. *knopf*.

šdëckə, plur. zu *šdŏqq* ahd. *stoc*.

Die Dehnung des *o* in offener Silbe führte naturgemäss zu *aō*, offenem langem *o*-Laut. Der Umlaut davon ist natürlich für *ö*, das sg. nicht stehn kann, *ein aē*. Vor *r* steht *aōə* und *aēə*.

Beispiele:

laō „Schössling", plur. *laōrə*. zu ahd. *lota* „Schoss", nd. *lode* von ahd. *liotan*, got. *liudan*. Schade² I, 565.

daōrr „Dotter" ahd. *totoro*.

γaōrḷ f. „Gote", „weiblicher Taufpate" ist das fem. gewordene mhd. dimin. *gotele* „weibliches Patenkind" von ahd. *gota*, got. *gudja„ ἱερεύς."* Von diesem Diminutiv ist wieder ein dimin. *gaērḷchə* „weibl. Patenkind" gebildet.

haōs, gew. nur plur. *haōsə*, bedeutet sg. nur „Strumpf", ahd. *hosa*.

draōχ „Trog" ahd. *troc*, nd. *trog*. Kluge⁴ 360.

baōʒə „Bogen" ahd. *bogo*.

maōʒə „mögen" ahd. *mugan* hat nachträglich Brechung erfahren wie nhd. *mögen*.

faōər „vor", zugleich auch „für", also = ahd. *fora* und *furi*.

saōl „Sohle" ahd. *sola*, ein lat. Lehnwort.

Den Umlaut zeigen:

haēsche, dimin. zu *haōs*;

laēlchə, dimin. zu *laō* ;

kaēlchə, dimin. zu *qaōl*, wovon auch *kaēḷr* „Köhler."

War schon im Ahd. das germ. *u* durch die alte Brechung in seinem Bestand beträchtlich geschmälert worden, so verschwand es im Sg. als Vertreter von idg. *u* fast gänzlich. Analog der Schwächung des *i* zu *e* trat nämlich auch eine Senkung des *u* zu *o* ein, die im Mnd. ihren Anfang nahm und sich auch in nd. Gebiete, wie das Siegerland, verbreitete. Auch hier wieder hat der rip. und mit ihm der sg. Dialekt die Senkung viel consequenter durchgeführt als das Hessische, ja sogar strenger als das Nd. selber. Der durch die Senkung des *u* entstehende Vocal ist analog dem Senkungs-*e* ein geschlossenes *o*. cf. Behaghel, P. G. I, 3, pg. 562; Heinz. pg. 24; Wülcker pg. 27.

Nur in einigen wenigen Fällen hat *u* der Senkung widerstanden. So hielt es sich, wie auch das *i*, vor *r* + Consonant: *hurt* „Sitzstange der Hühner", „Nest" mhd. ahd. *hurt* „Flechtwerk aus Reisig", got. *haúrds*. Dazu wohl lat. *crates*, gr. κάρταλος, idg. Wurzel *krt*. — Dazu nhd. *Hürde* und *Horde*, zwischen deren Bedeutungen das sg. Wort etwa in der Mitte steht. cf. Kluge⁴ 150.

duršt ahd. *durst*, got. *þaúrstei*.

hurdich „schnell" mhd. *hurteclich*, vielleicht ein roman. Lehnwort.

urzə (Heinz. pg. 27.) hess. *orzen* (Vilm. 426.) „etwas vom Futter übrig lassen", vom Vieh gebrauchter Ausdruck, davon *urzə* f. „das Uebriggebliebene." Das Wort gehört wohl zu mhd. *urte, ürte* „Zeche", „Rechnung des Wirts über das Verzehrte." Interessant wäre dann die sg. Bedeutungsentwicklung, da ja *urzə* gerade das bezeichnet, was nicht verzehrt worden ist. Auch ahd. *ortôn*, bei dem *o* allerdings auffällt, liegt seiner Bedeutung nach nicht so fern. Sg. *z* gegenüber mhd. ahd. *t* dürfte wohl auf suffixalem Einfluss beruhen. Anders Vilm. a. a. O.

burch „Burg" ahd. *burg*, got. *baúrgs*.

vurm „Wurm" ahd. *wurm*, got. *vaúrms*, skr. *krmiš*. Kluge⁴ 391.

durn, durm schon mhd. *turn, turm* nebeneinander. Kluge⁴ 363.

qurvl̦ „Kurbel", „Winde" zu ahd. *churba*.

Durch falsche Analogiebildung ist sogar *u* vor *r* unorganisch eingedrungen in *urjl* „Orgel" ahd *orgela* neben häufigerm *organa*, entl. aus mlat. *organum* resp. dessen Plural. Kluge⁴ 253.

γurgɔ, gewöhnlich *γurgɔśdɔbbɔ*, „Kork" entlehnt aus span. *corcho*, das auf lat. *cortex* zurückgeht. Das *u* findet sich übrigens schon in ndl. *kurk* neben *kork.*

Der Umlaut dieses vor *r* erhaltenen *u* ist für das dumpfe *ü* sieg. ein helles *i*:

virzlchɔ, dimin. zu *rurzl* ahd. *wurzala*, agls. *wyrtwalu* (s. pg. 17).

śirzɔ „Schürze", davon *śirzfɔll* neben *śurzfɔll* „lederne Schürze" (Heinz. pg. 26) zu ahd. *scurz* „kurz"; vgl. engl. *shirt*, an. *skyrta* „Hemd."

birśdɔ „Bürste" mhd. *bürste* ist auch eingetreten für mhd. *borste*, das sg. fehlt. vgl. ahd. *burst*.

birjr „Bürger" zu *burch.*

gɔbirdich „gebürtig" zu *gɔburt.*

In *furśnöï* „nagelnen" liegt vielleicht Erhaltung der alten Verdumpfung von *i* vor, die sich mhd. findet. (Weinhold, mhd. Gr.¹ § 52.). Hier liegt nämlich wahrscheinlich ahd. *frisk* zu grunde, das md. *firsch, frusch*, **fursch* lautet. Schade² ı, 226.

Auch im Praet. der ablautenden Verben der 3. Klasse mit stammschliessendem *r*+Consonant ist *u* im Plur. gesetzmässig erhalten: 1. Pers. Pl. *śdurrɔ, frdurrɔ* von *śdëarrɔ, frdëɔrrɔ*. Dieses *u* ist aber dann sg. auch in den Sing. gedrungen, also 1. Pers. Sg. *śdurr, frdurr*. In der nhd. Schriftspr. ist die Entwicklung umgekehrt, indem hier *a*, der lautgesetzliche Vokal des Sing. auch in den Plural eindrang. Durch Synkope des -*de*- trat Dehnung ein in *rñɔrn*, davon Sing. *rñɔr*; Inf. ist *rãɔrn*. Der Opt. Praet. heisst dementsprechend *śdñrr, frdñrr, rñɔr*. Im Part. Perf. trat regelrecht Brechung ein: *gɔśdɔrrɔ, frdɔrrɔ*; nur in *rñɔrn* „geworden" erscheint *ñ*, was auf frühe Dehnung schliessen lässt.

Wie beim *i* das *ɔ*, so tritt beim *u* nach *rr* ein *ɔ* ein, dessen Umlaut wieder *ɔ* ist. So in *gnɔɔrn* „knurren";

śnɔɔrn „schnurren" mhd. *snurren*;

ferner auch in dem umgelauteten

dɔɔrn „dürren", „verdorren", also activ und passiv.

Im ferndorfer Dialekt tritt dagegen nach *r* unter wittgen-
steinschem Einfluss stets *o*, Umlaut *ö*, für *u* ein: *rorzl* „Wurzel“,
dim. *rörzlcho*.

Im fdf. Dialekt hält sich *u* wie *i* auch vor gutturalem
Nasal, der im Inlaut aus *n + Muta* entwickelt wurde:
josuvo „gesungen“ gemsg. *gosovo*;
jofuno „gefunden“ gemsg. *fonno*;
uvr „unter“ ahd. *untar*, gemsg. *onnr*;
huvrt „hundert“ gemsg. *honnrt*.
Im Auslaut, wo die Muta hinter *n* sich hält, tritt auch
fdf. die Senkung ein: *hont* „Hund“, *ront* „rund.“
Der Umlaut dieses fdf. *u* ist natürlich das dort beliebte
ü: *füu* Opt. Praet. zu *fiue* gemsg. *fenn* zu *fconno* „finden.“

Vor *v* hält sich *u* auch in andern Gebieten des Siegerlands:
luv „Lunge“ ahd. *lungun*.
ruv „Runge“ mhd. *runge*, got. *hrugga* „Stab.“
zuv „Zunge“ ahd. *zunga*, got. *tuggô*.
Umlautvocal ist natürlich *i*:
goliv „die (edlern) Eingeweide“ wie bair. *gelüng* (Schmeller
II, 484.), mhd. *gelunge*. Schade² I, 297.
zivln „züngeln“, abgeleitet von *zuv*.
In andern Wörtern tritt dagegen vor *v* die Senkung des
u ein:
jov „Junge“, fdf. *juv*; mhd. *junc*, got. *juggs* ist das zugehörige
Adj., das sg. *jovk* lautet.
dov f. „Butterbrot“ ist auch hess. bekannt (Vilm. pg. 80. 478.).
Es wird von Bech (Beitr. zu Vilm. pg. V) unter Hinweis auf
das mhd. *daz begozzen brôt* auf mhd. *tunge* „irrigatio“ von
tungen „irrigare“ zurückgeführt. Es dann also ein „ge-
düngtes“ d. h. ein mit Butter, Honig oder Kraut bestrichenes
Brot.
hovr „Hunger“ ahd. *hungar*, got. *hûhrus* für *hunhrus* (verb.
huggrjan).
Fernere Beispiele pg. 48.

Endlich wird urspr. *u* im Sg. meist auch durch folgendes
qq vor Schwächung bewahrt:

glŋqǝ „Bruthenne" mhd. *klucke*. Davon das vb. *gluxǝ*, adj. *gluxich*.

juŋqǝ „jucken" ahd. *jucchen*.

γuqqǝ mhd. *gucken*, daneben steht das mehr nd. *luqqǝ*; alts. *lócón*, engl. *look*, ndl. *lugen* sind verwandt; *luqq* heisst der erste Besuch der Freundinnen bei einer Wöchnerin, wobei das neugeborene Kind in Augenschein genommen wird.

mǝch šuqqrt „der Frost überläuft mich"; vgl. mhd. *schucken* neben *schocken* Schade[2] II, 773.

zuqqr mhd. *zucker* ist ein span. Lehnwort.

Vereinzelt ist *u* erhalten in *jutt* „Jude". Hier mag sehr früh Dehnung eingetreten sein, worauf dann *ú* gesetzmässig zu *u* verkürzt wurde.

Vor allen übrigen Consonanten tritt regelmässig die Senkung des *u* zu *o* ein:

blott „zart", „jung", entspricht mhd. *blut* „nackt", „bloss", nd. *blutt*. In der Schriftsprache ist das Wort bewahrt in *blutarm*, *blutjung*, cf. Heinz. Wb. 27.

doddl „Klex" wie nhd. *Tüttel* (Kluge[4] 365) ist ohne Umlaut abgeleitet von ahd. *tutta*, mhd. *tutte*.

soddr „Pfeifenschmiere", „Sutter", gehört wohl zu mhd. *sutteren* „im Kochen überwallen", ferner mhd. *sudel*, *sudeln*, ahd. *suti*, md. *sudde* „heisse Quelle". Stellt sich *soddr* zu dieser Wurzel, so hat es nichts zu tun mit agls. *sót*, an. *sót* und slav. Wörtern, so schön auch seine Bedeutung zu lett. *sódeji*, *sódri* „Russ", „Tabaksöl" stimmen mag. (Schade[2] II, 845.). Zu dieser Wurzel gehört wohl auch sg. *sorrl* „Jauche" aus *soðel*, das genau einem mhd. *sudel* entspräche.

botzǝ „Hose" entspricht wohl mhd. *butze* „Larve", *butzen* „auskleiden", „aufschmücken" (Schade[2] I, 93). Auch schwz. *butzen* „Obstkerngehäuse" gehört wohl hierher. Vielleicht steht das Wort auch in irgend welcher Beziehung zu frz. *botte*. Dem Dental in *botzǝ* entspricht Guttural in nhd. dial. *buchse*. Kluge[1] 48. vgl. Heinz. pg. 76. Wb. 32.

brost ahd. *brust*, got. *brusts*.

nozz „Nuss" ahd. *nuz*.

qobbr „Kupfer" ahd. *chupfar*.

hoft „Hüfte" wie ahd. *huf* zu nhd. *Hüfte.*

gloft „Kluft" wie mhd. *kluft.* Daneben haben wir in *fûərgloft* „Feuerzange" eine Bedeutung, die an das ahd. *chluft* „forceps", „Schere" erinnert.

froχt, (nur im Sgl. collectiv gebr.), „Feldfrüchte", ahd. *fruht,* vielleicht ein lat. Lehnwort.

ôdoȝnt „ungezogen", dazu *ôdoχt* „Taugenichts", von mhd. *untugent.*

groln, plur., „Locken", davon *grollich* „lockig", die unumgelautete Form zu mhd. *krülle,* vgl. mnd. *crul* „crispus", davon dimin. md. *crullil.* Schade[2] I, 517. Vilm. 227.

ollrn, ein specifisch sg. Wort, „Boden", „Söller des Hauses", macht Schwierigkeiten. Es ist wohl eine Zusammensetzung von mhd. *uller,* aus lat. *ultra* entlehnt (Schade[2] II, 996), und dem oben (pg. 24) besprochenen *ẹrn,* ahd. *arin* „Flur", bedeutet demnach „oberer Hausflur". In Siegen-Stadt steht dafür *läib* (s. unter *au*).

hollə in dem Ausdruck *bẹət də hollə fârn* „nachtwandeln", einer auf altem Aberglauben beruhenden Redensart, ist sehr interessant. Es ist wohl euphemistische Bezeichnung für das mhd. *unholt,* ahd. *unhold.* Got. *unhulpa, unhulpô,* ahd. *unholda* zeigen noch die Bedeutung des Dämonischen. (Jac. Grimm, dt. Mythol.[2] pg. 942.). Dem sg. euphemist. *hollə* entspricht genau griech. εὐμένιδες. Anders Vilm. 137. Schmidt 73.

romp „zweirädriger Karren mit rumpfartigem Kasten". (vgl. Schiffsrumpf), mhd. *rumph,* ndl. *romp.* Heinz. pg. 77.

qomp „tiefe Schüssel", „tiefe Stelle eines Baches", mhd. nhd. *kumpf,* agls. *cumb.* Kluge[4] 194.

bodombə „dumpf", steht ndl. *dompig* am nächsten, mhd. *dumpfen.*

hont „Hund" ahd. *hunt,* got. *hunds.*

onnrn „Nachmittag", ein dialekt. weit verbreitetes Wort (Heinz. 111; Schmidt 128. Vilm. 423.). ahd. *untarn,* mhd. *undern.* Schade[2] II, 1051.

slonk „Schlund", „Kehle" zu nhd. *schlingen,* sg. *slẹnwə,* wie ahd. mhd. *slunt* zu mhd. *slinden.* vgl. Kluge[4] 307.

glonk „Krug" wird von Heinz. 92 von sg. *glẹnwə, glẹnwə* „klingen" abgeleitet, ob mit Recht, muss dahingestellt bleiben

broȿl, nur noch erhalten in der Verbindung *ȵ broȿl säərmôs,* da man das Sauerkraut answringt, wenn man es zum Kochen aus dem Fass nimmt, worin es eingemacht war. Es ist also abgeleitet von sg. *brɛɔvɔ* (s. pg. 38.) und entspricht ahd. *wrungel*, welches „süsse dickgemachte Milch, aus der die Molken ausgewrungen sind" bezeichnet. Schade[2] ɪɪ, 1206. Heinz. Wb. 38.

horrl „Windel" mit verengerter Bedeutung zu mhd. *hudel* „Fetzen", „Lappen" (Schade[2] ɪ, 427). cf. Vilm. 177.

Der Umlaut dieses durch Senkung aus *u* enstandenen *ọ* ist, da *ọ̄* sg. nicht stehn kann, ein *ę*. Die Dialekte von Freudenberg und Ferndorf haben hier natürlich *ö*. Beispiele:

pętz hat wie ahd. *pfuzzi*, ndl. *put*, agls. *pytt*, die Bedeutung des alten lateinischen Stammworts *puteus* „Brunnen" bewahrt. Meist hat die Bedeutung die Verengerung „Ziehbrunnen". Davon *pętzɔ* „Wasser aus dem Brunnen ziehn".

rętchɔ „männl. Hund" ahd. *rudo, hrudeo*, agls. *ryppa*.

kęrrl „Kittel" ist vielleicht als Diminutiv zu mhd. *kutte* zu fassen, so dass md. *kittel* für **küttel* stände und mit agls. *cyrtel*, an. *kyrtell* nichts gemein hätte. (Kluge[4] 171.) Man vgl. das mhd. dimin. *kütli* (Schade[2] ɪ, 529.). Auffällig bleibt nur der Genuswechsel, der aber auch sonst bei Diminutiven vorkommt. So in dem von Heinz. pg. 26 citirten masc. Kosewort *jęvl*, dimin. zu *jọv*, wie auch in dem pg. 43 besprochenen fem. *ɣ͞ɔ̈rl*.

ęʳ „über" ahd. *ubir, ubar*.

hębbl „Haufen" entspricht dem bair. *hübel*, mhd. *hübel, hubel* (Kluge[4] 148; Schade[2] ɪ, 427.) Ohne Umlaut ist sg. *hobbl* „holprige Stelle" mhd. *hubel, hobel*, wovon adj. *hobbllich* gebildet ist.

ręckɔ „Rücken" ahd. *hrucki*, agls. *hrycg*.

fęlrɔz „niedriger Korb aus Eichenschienen", hess. *füllfas, föllwes*, Vilmar 111; Heinz. 63. Es entspricht as. *fullfat* (Hel. 4539) „Krug", „Flasche", dessen erster Bestandteil das as. *full* „Becher", „Krug" ist. cf. Schade[2] ɪ, 231. Anders Bech Beitr. pg. VII.

sęlzɔ „Sülze" mhd. *sülze, sulze*, ahd. *sulza*, as. *sultia* „Salzwasser". Der Stamm zeigt die Tiefstufe *sl-* zur Wurzel von *Salz, sĺ*.

bẹmbr „grosser Krug oder Kessel", daneben das nicht umgelautete *bọmbos*, engl. *bumper*. Heinz. pg. 77; Wb. 16.

rẹmm ọnn dẹmm „weit und breit", wozu Heinz. pg. 26 das mekl. *üm und düm* beibringt, zeigt Umlaut des *um* wie mhd. *ümbe*, ahd. *umbi*. Das *d* des letzten Wortes ist ganz unorganisch herübergenommen von dem *d* des Wortes *und*, das sich auf diese Weise gerettet hat. Begünstigt wurde diese Herübernahme dadurch, dass sg. *ọnn* das *d* assimilirt hat. Wir haben eine ähnliche noch viel auffallendere Erscheinung in dem Gruss *gọnãorṇt* „guten Abend", das zu *nãorṇt* abgekürzt wird, als ob die Bestandteile **gọ* und **nãorṇt* wären.

hẹrv „Rauchfang" ist ein dunkles Wort. Es stellt sich vielleicht zu got. *haúri* „Kohlenfeuer", „Kohle", an. (dicht.) *hyrr* „Feuer", doch bleibt es auffällig, das *u* vor *r* hier geschwächt wäre.

Selten tritt, veranlasst meistens durch ausgefallenen Nasal, Dehnung des ursprünglichen *u* ein. Als Dehnungsvocal ergibt sich *ô*, ungelautet *ê*:

ôlich „Oel" mhd. *öl*, *ole* ahd. *olei*, *oli*, as. *oliy*. Weinh., mhd. Gr. [1] § 220.

mêl „Mühle", urk. noch die unumgelauteten Formen *möle* (sg. Uk. 130) und *molen* (167), mhd. *mül*, ahd. *muli*.

kêml „Kümmel" ahd. *chumil*.

sô „Sohn", selten gebraucht, ahd. *sunu*, got. *sunus*. vgl. ndl. *zoon*.

dôst „Dunst" ahd. *tunist*, agls. *dúst*.

bê „Decke des Zimmers" mhd. *bün, büne*. Die Bedeutung „Decke" kennt auch das Schweizerische. Kluge[4] 46. Heinz. Wb. 12.

êslt „Talg", „Unschlitt" mhd. *unslit, inslit*, daneben schon *unselt*, *inselt*. Hess. nd. *ungel* entspricht das im nördl. Siegerland übliche *ọṿl*. Kluge[4] 365.

Vor stammschliessendem Nasal tritt im Sg. die Brechung des *u* zu *ọ* nicht ein; der sg. Dialekt hat somit die im Mhd. geltenden Lautverhältnisse bewahrt. Wir finden also nur die Schwächung zu *ọ* und haben damit denselben Laut wie in der nhd. Schriftsprache, der jedoch hier eine andre Entwicklungsstufe darstellt:

sonn „Sonne" ahd. *sunna*, got. *sunnô*.

sommr „Sommer" ahd. *sumar*.

fromm „fromm" zu ahd. *fruma* „Nutzen".

qonn „können", ohne Umlaut, wie mhd. *kunnen*, ahd. *chunnan*, got. *kunnan*.

sonnrn „sondern" mhd. *suntern*.

Dieselbe Lautstufe haben wir sg. wie im ganzen Ripuarischen auch vor gedecktem *l* (Heinz. pg. 28.):

holz ahd. *holz*.

volkɔ ahd. *wolcha*.

folk ahd. *fole*.

doll „die untersten stärksten Aeste eines Baumes, da wo der Stamm sich zu verzweigen anfängt" muss auf ein wohl urspr. nd. *dull* zurückgehn (Kluge[4] 56.); cf. ahd. *toldo*, mhd. *tolde* und ahd. *tola* „racemus", vgl. auch hess. *dolle* (Vilm. 75.), westerw. *doll* (Schmidt 46.). Heinz. pg. 112 gibt die Bedeutung ungenau an.

doll ahd. *tol*.

ronn aus *voln* ahd. *wollan, wellan*.

Im Mittelbinnendeutschen bestand die Neigung *u* und *o* in gewissen Wörtern wechseln zu lassen. (Weinhold, mhd. Gr.[2] §§ 59, 63, 74.) Die Wirkungen dieses Wechsels zeigen sich auch im Sg., daher entspricht oft sg. Brechungsvokal (*ọ*) nhd. nicht gebrochenem Vocal und umgekehrt.

So haben wir sg. Brechung in:

flọχ „Flug" ahd. *flug*.

qọʃl „Kugel" mhd. *kugel*, ndl. *kogel*.

zọqqɔ „zucken" ahd. *zucchen* und *zocchôn*, nd. *tokken*.

sbāɔr „Spur" mhd. *spur* und *spor*.

fāɔr „Furche" ahd. *furuh*, ndl. *voor*.

Andrerseits haben wir im Sg. den Senkungsvocal in:

voχɔ „Woche" ahd. *wohha*.

born „Brunnen" ahd. *brunno*. Das nd. *Born* ist im Hd. poetisches Wort geworden.

drǫstl̥ „Drossel" mhd. *drostel,* agls. *þrostle* „merula". Kluge ¹ 60.
Daneben mhd. *drȯschel,* ahd. *drȯscela.*

Offenbar eine Zwischenstufe zwischen *ǫ* und *ọ,* ein Uebergangsstadium von dem gesenkten zu dem gebrochenen *u,* liegt vor in einem *ọə,* dass sich zuweilen für germ. *u* einstellt. Charakteristisch ist dabei, dass dieser Laut sich besonders gern in der Dehnung, als *ȯə,* zeigt. Das erklärt sich daraus, dass die Dehnung der Brechung länger Widerstand leisten konnte als der einfache Vocal.

Interessant ist hier die Behandlung des ahd. *holōn* im Sg., denn wir finden die drei möglichen Formen nebeneinander, also *holn, hǫəln* und *hǫln.*

Sonst haben wir *ọə* resp. *ȯə* in

ǫəssə „Ochs" ahd. *ohso,* got. *aúhsa.*
lȯərə „loben" ahd. *lobȯn.*
ȯərꞁ „oben" ahd. *obana,* got. *ufana.*
ȯərə „Ofen" ahd. *oran,* got. *aúhns.*
hȯəf „Hof" ahd. *hof.*
grȯəf „grob" ahd. *grob.*

Der Umlaut dieses *ọə* resp. *ȯə* ist natürlich *ꞁ* resp. *ꞁ*: *ǫəschə,* dimin. zu *ǫəssə.*
ȯrꞁchə, dimin. zu *ȯərə,* mit zwei Diminutivsuffixen.

Zieht man die nhd. Lautverhältnisse in Vergleich, so gestaltet sich die Entwicklung von germ. *u* im Sg. am eigenartigsten bei den ablautenden Verben der dritten und vierten Klasse.

Zunächst ist die im Hd. nach der mhd. Zeit eingetretene Brechung von *u* unterblieben bei den Verben mit stammschliessendem Nasal. Hier trat im Sg. nur die Senkung des *u* zu *ǫ* ein. (pg. 50). Dadurch erhalten wir bei der dritten ablautenden Klasse zwar gleichen Laut (*ọ*), doch nicht die gleiche Entwicklungsstufe im Part. Perf. vor geminirtem Nasal: sg. *gərǫnn* nhd. *geronnen;* sg. *gəšvǫmmə* nhd. *geschwommen* etc. Hier hat also das Sg., abgesehen von der Schwächung des *u,* die mhd. Verhältnisse bewahrt.

Die Verba mit stammschliessendem Nasal + Cons. zeigen schriftsprachlich im Part. Perf. zwar dieselbe Lautstufe wie im Sg., doch nicht gleichen Laut, dort *u*, hier *o*: sg. *gɔsonɔ* nhd. *gesungen*; sg. *fonnɔ* nhd. *gefunden*.

Gleicher Vocal tritt wieder ein im Part. Perf. vor *l*+Cons., das nhd. die Brechung nicht hindert, wohl aber im sg. Dialekt: sg. *gɔγollɔ* nhd. *gegolten*; sg. *gɔšvoln* nhd. *geschwollen*; sg. *gɔholfɔ* nhd. *geholfen*.

Sowohl die Schriftsprache als auch das Sg. haben Brechung des *u* im Part. vor *r* + Cons.: sg. *gɔvorfɔ* nhd. *geworfen*; sg. *gɔšdorvɔ* nhd. *gestorben*.

Ebenso ist vor allen andern Consonanten Brechung eingetreten: sg. *gɔfoχdɔ* nhd. *gefochten*.

Noch auffallender gestalten sich die Verhältnisse der dritten ablautenden Klasse im Praeteritum. In der Schriftsprache ist hier der Stammvocal des Singulars auch im Plural zur Herrschaft gelangt: im Sg. ist umgekehrt der Vocal des Plurals auch in den Singular eingedrungen. Während wir also in der Schriftsprache durchgängig im Praet. *a* haben, zeigt der sg. Dialekt, da ja die Brechung hier ausgeschlossen ist, überall gleichmässig *o*, vor *r* aber (s. pg. 44) *u*: sg. *švomm, sou, holf, vurf* gegenüber schriftspr. *schwamm, sang, half, warf*.

Bei den Verben der vierten ablautenden Klasse kann hier nur das Part. Perf. in Betracht kommen. Es zeigt sg. wie schon mhd. den Brechungsvocal: *gɔbroχɔ* mhd. *gebrochen*; *droffɔ* mhd. *getroffen*. Nur vor Nasal scheint sg. die Brechung nicht eingetreten zu sein, obwohl sie hier schon das Ahd. hat: *gɔnommɔ* ahd. *ginoman*.

Die Verba der zweiten ablautenden Klasse zeigen auch sg. überall den Brechungsvocal im Part. Perf. So sg. *gɔroχɔ* nhd. *gerochen*, sg. *gɔšozzɔ* nhd. *geschossen*, sg. *gɔlaȭjɔ* nhd. *gelogen*, sg. *gɔfrüõɔrn* nhd. *gefroren*, sg. *gɔbüõrɔ* nhd. *geboten*. Im Praet. ist hier sg. wie auch schriftspr. der Vocal des Singulars auch im Plural herrschend geworden.

Das westgerm. *á* steht im Allgemeinen für urgerm. *áê*.
Der Uebergang dieses *áê* zu *á* vollzog sich jedoch sehr früh
und war nach Behaghel (P. G. I, 3, pg. 562) um's Jahr 1000
überall abgeschlossen.
Heute ist das urspr. *á* in den meisten nd. und md. Mundarten streng geschieden von dem durch Dehnung aus germ. *a*
hervorgegangenen langen *a*-Vocal. Diese Differenzirung geschieht in der Weise, dass urspr. *á* nach *o* hin verdumpft wird.
(cf. Weinhold, mhd. Gr. [1] § 56). Im Ndfrk. zeigt sich diese
Verdumpfung schon in den ältesten Zeiten, ja hier tritt völlig
der *ô*-Laut ein. (Behaghel a. a. O.). In späterer Zeit ist die
Verdumpfung, wie es scheint, von Osten nach Westen fort-
schreitend. Am schwächsten ist sie im Nd., das ja auch sonst
seine Vorliebe für reines *a* beweist. (Behaghel P. G. I, 3, 566.)
Der siegerländer Dialekt nimmt hier eine vermittelnde
Stellung ein. Er verdumpft zum Unterschied von dem neuen
Dehnungs-*â* das alte *â* und trennt sich dadurch von den meisten
rip. Dialekten, er geht aber in dieser Verdumpfung nicht so
weit wie sein östlicher Nachbar, der hessische Dialekt, der für
altes *â* reines *ô* eintreten lässt. Immerhin treibt auch das Sg.
die Verdumpfung des *â* so weit, dass es mit dem verlängerten
aus *u* entstandenen Brechungs-*ǫ*, das in entgegengesetzter Richtung sich entwickelt, zusammentrifft und völlig übereinstimmt.
Heinz. pg. 30.

Beispiele:

vɑ̄ot „Kleidung", „Staat" hess. *wɔ́t*, mhd. ahd. *wát.*
rɑ̄oʒ „Honigwabe", hess. *rɔ́ss* (Vilm. 330), entspricht mhd. ahd.
râze. Das Wort findet sich auch sonst in nhd. Mundarten, ausser
im Hess. in der Eifel als *râzen* (From. VI, 17), bair. *hungráz*

(Schmeller III. 125). Anord. haben wir *ráta*, udl. *raat, honingraat*. Die Grundbedeutung der Wurzel ist wohl „in Zellen oder Maschen eingeteilt" und dann weder lat. *radius* (Frisch II, 127; Weig. II, 511) noch auch lat. *crates* (Jac. Grimm bei Haupt VIII, 421), sondern mit Diez (Wb. II ², pg. 411) lat. *rête* hierherzuziehn. Schade ² II, 703; Kluge ⁴ 284.

aо̂s „Aas", auch Schimpfwort. mhd. ahd. *ás*. Davon das comp. *šinnaо̂s* „Schindaas".

maо̂š „Masche", mhd. *másche*, ahd. *másca* haben noch das *á*, welches nhd. verkürzt ist.

ət raо̂strt „es ist ein Unwetter" ist Intensitivum zu ahd. *wázen, wázan* „stoss- und ruckweise blasen"; vgl. noch besonders ahd. *wáz-gewiterc* „Sturmwetter", *wáz* „starkes Wehen". Schade ² II, 1105. Schmidt 333f.

šaо̂f „Schaf" ahd. *scâf*.

aо̂ryt „Abend", wohl Part. zu ahd. *áben* „sinken".

haо̂χ „Haken" ahd. *háko*.

baо̂χt „Schmutz", auch eine Schelte, schles. *bôcht*, zu mhd. *báht* „Unrat", „Kot." Schade ² I, 36. Hz. Wb. 29.

graо̂ „Krähe" (selten) mhd. *krâ*, ahd. *chrâ* neben *chráia*, agls. *cráwe*.

šdraо̂l selten „Strahl", meist „Streifen", mhd. *strâl*, ahd. *strála*.

šbraо̂l „Star", ein ud. Wort, nach as. *sprá* gebildet, vgl. nhd. mundartl. *Spreho*, nd. *spré*. Kluge ⁴ 335.

maо̂ln „malen" ahd. *málón*, got. *mêljan*, streng geschieden von *maln* „mahlen" ahd. *malan*, got. *malan*.

baо̂ər ahd. *bára* „Bahre". Heinz. Wb. 28.

daо̂ „da" mhd. *dá, dár*, ahd. *dár*. Daneben steht eine Form mit anlautendem *l*, sg. *lâo*, mit der hinweisenden Bedeutung des franz. *là*. Vielleicht beruht daher das *l* auf franz. Einfluss, was dadurch bestätigt wird, dass die sg. Pronomina für die verlornen *dieser* und *jener* genau nach franz. Muster gebildet sind: *hędáē* aus *hé* und *dáē* „dieser" (celui-ci) und *lọdáē* aus *lâo* und *dáē* „jener" (celui-là.)

šraо̂m „Linie auf der Schiefertafel", auch „kleine (meist mit dem Fuss gezogene) Furche" entspricht lautlich an. *skráma* „Wunde", nicht aber mhd. *schram*.

braо̂mbr „Brombeere" mhd. *brâmber*, ahd. *brâmberi* (s. unter den

Compos.). Daneben steht sg. ein *brāomĻ* entsprech. abd. *brámal.*
Heinz. Wb. 38.

maōnt „Mond" mhd. *máne*, ahd. *máno.* Schon mhd. finden wir
die Nebenformen *mánde, mánt.* Dasselbe Wort vertritt sg.
auch das mhd. *mânôt.*

jáō „Jahn", sonst nhd. mit der Bedeutung „Reihe gemähten
Getreides", bedeutet sg. die von jemand bearbeitete Strecke
Hauberg, welche gewöhnlich in einem langen, schmalen
Streifen besteht. Ueber die Ableitung des Wortes vgl.
Kluge[4] 153.

γáō „gehn" (ebenso *śdúō* „stehn") entspricht dem ahd. *gán,*
während hess. *gé* auf ahd. *gén* beruht. Weinhold, mhd. Gr.[1]
§ 340. Heinz. pg. 30.

Sg. *úō* steht, wie mhd. *á,* auch für ahd. *ô,* welches im
Auslaut für inlautendes *áw* eintrat, wo die nhd. Schriftsprache
gewöhnlich *au* hat:

gráō „grau" mhd. *grá,* abd. *grâu,* flect. *gráwêr.*
bláō „blau" mhd. *blá,* abd. *bláo (blâwêr).*
páō „Pfau" mhd. *pfáwe,* ahd. *pfáwo,* agls. *páwa* und *peá.*
śráō „mager", westerw. *schrá* „hässlich", bedeutet wohl ursprünglich „eingeschrumpft" und stellt sich zu an. *skrá*
„getrocknete Tierhaut"; vgl. ahd. *scrótan,* Schade[2] ii. 807.
Vilm 369 f.

In *glúōv* „Klaue" hat sich im Gegensatz zu mhd. *klâ*
das *w* erhalten wie in der mhd. Nebenform *kláwe* zu abd.
chláwa.

Auf dem Einfluss des durch Contraction hinter das *a* ge-
tretenen *r* beruht wohl das *úō* in sg. *áōr* „Aehre", einem Wort,
das auch dadurch auffällt, dass es keinen Umlaut hat, während
doch im Ahd. die unumgelautete Form *ahir* obd.. das umgelautete *ƈhir* frk. ist.

Ebenso auffällig ist sg. *γáōl* „bitter schmeckend", das zwar
mit hess. *gôl* (Vilm. 13), nicht aber mit ndl. *gal,* ahd. *galla*
lautlich übereinstimmt.

Andrerseits erhalten wir für erwartetes *aö* sg. ein *â* in
krázJ „unreifes Obst essen" mhd. *quázen* „schmausen". Die
Bedeutung des czech. Stammworts *kvas* (Jac. Grimm Gr.[1][d], 169)

zeigt schon die Nuance des sg. Wortes, es bedeutet nämlich „Sauerteig", „saurer Trank". cf. Schade[2] II, 693.

Eine merkwürdige Differenzirung hat stattgehabt in sg. *blastr* „Strassenpflaster" und *blâostr* „Wundpflaster", mhd. nur *pflaster*, ahd. *pflastar*, entlehnt aus griech. 'ἔμπλαστρον. cf. Kluge[4] 261.

In Uebereinstimmung mit der Schriftsprache ist bei den Verben der vierten und fünften ablautenden Klassen das lautgesetzliche *aô* des Plurals auch im Singular des Praeteritums zur Herrschaft gelangt. So sg. *naôm*, pl. *naômə* ahd. *nam*, *nâmum*; sg. *maôz*, pl. *maôzə* ahd. *maz*, *mâzum* etc.

Fast nie tritt sg. Verkürzung des urspr. *â* ein. Meistens bleibt auch da, wo dieselbe in der Schriftsprache eintrat, die Länge im Sg. unversehrt erhalten. So in: *blâodrn* „Blattern", *laôzə* „lassen", *braôχdə* „brachte", *gədaôχt* „gedacht".

Verkürzt wurde *aô* nur in *jom̄m̄r̄* „Jammer" mhd. *jámer*, ahd. *jámar*, sowie in dem adverbialen *əvərr?* „nicht wahr?" genau so gebraucht wie das obd. *gelt?* In dieser zusammengesetzten Partikel liegt als zweiter Bestandteil wohl zweifellos das abd. neutr. *wâr* (Schade[2] II, 1094) zu grunde, dem irgend eine nicht mehr erkennbare Partikel oder gar Verbalform vorangeht.

Der Umlaut des *â* findet in den Denkmälern erst spät, allgemein erst im 12. Jahrhundert, seine Bezeichnung. Es ist dies wohl aus der relativen Festigkeit des langen Vocals zu erklären, die viel grösser war als die der kurzen Vocale. Da es ein Umlaut nach Analogie ist, so dürfen wir uns nicht wundern, dass er zuerst in den ndfrk. Psalmen (Behaghel P. G. I, 3, 563.) und md. viel früher eintritt als obd. (Weinhold, mhd. Gr.[1] § 67; kl. mhd. Gr.[2] § 33.).

Der Lautwert des Umlautvocals war in mhd. Zeit, wie die Schreibungen der Denkmäler zeigen, im Md. und Obd. verschieden. Im Md. war er geschlossenes *ê* (Weinhold, mhd. Gr.[1] § 67), während das Obd. schon damals einen sehr offenen *ä*-Laut zeigte, der heute zum Teil zum vollen *â* zurückgekehrt ist. (Weinhold, mhd. Gr.[1] § 61.).

58

In nhd. Zeit scheint sich auch md. der Umlautvocal dem *â*
wieder zu nähern. So erhalten wir im̄ Sg. ein *ä̂*, offenen
langen *e*-Laut, der genau jenem *ä̂* entspricht, welches als Umlautvocal des gedehnten *ǫ* eintrat. Es fallen demnach diese
beiden Umlautvocale ebenso zusammen wie ihre Grundvocale.

Beispiele:

grǟzə „eigensinnig weinen" (Heinz. pg. 31.) zu mhd. *grázen*
„leidenschaftlich erregt sein", got. *grétan* „weinen", agls.
grǣtan, greótan, an. *gráta*. Daneben ein Stamm mit kurzem
a in mhd. adj. *graz* „zornig", subst. „Leidenschaftlichkeit."
gnǟrich „gnädig" von ahd. *gináda*.

hǟsbə „Thürhaken" agls. *hǣsp, hǣps*. Vielleicht ist in mhd.
haspe, ahd. *haspa* ein *â* anzusetzen.

šǟfr „Schäfer" von *šaôf*.

hǟbə „sichelartiges Instrument für die Haubergsarbeit", auch
obd. finden sich Formen mit *â* wie schwäb. *hâp (hôp)*; so ergibt sich mhd. *hâpe*, ahd. *hâppa*. Daneben Formen mit *a* in
mhd. *hǫppe*, ahd. *hǫppa*. Kluge [4] 144; Schade [2] I, 372.

gǟ „jähe", „steil" mhd. *gaehe*, ahd. *gâhi*. Die alte Bedeutung
„plötzlich" liegt noch vor im sg. *gǟchǫʋr* „Heisshunger".
Heinz. pg. 84.

bǟ „bähen", „warme Aufschläge machen" zu mhd. *baen, baejen*,
ahd. *bájan, bâan*.

bǟxe „laut schreien" (vom Weinen kleiner Kinder) ist Intensitivbildung zu ahd. *bágan* „zanken", mhd. *bâgen*, nhd. mundartl. *bägern*. Kluge [4] 16. Heinz. Wb. 9.

šǟml „Schemel" mhd. *schemel, schâmel*, ahd. *scámal* ist ein
Lehnwort aus lat. *scamellum*, wo *a* in vulgärer Aussprache
lang gesprochen wurde.

šbǟnchə, dimin. von *šbaô*, besonders gebräuchlich in *šdrichšbǟnchə*
„Streichholz".

šǟər „Schere" ahd. *scâri*, wahrscheinlich Pluralbildung zu *scâr*.
cf. Kluge [4] 299.

mǟərich „märchenhaft", „ausserordentlich", mhd. *maere*, ahd.
mâri „glänzend", „herrlich" von ahd. *mâri* „Märchen".

In *hǟs* „sehniger Teil an den Beinen des Schlachtviehs"
muss sehr früh nach Ausfall des *h* Dehnung des urspr. *a* zu

á eingetreten sein. Es entspricht mhd. *hahse, hehse* und viele mundartlichen Bezeichnungen des Nhd. Schade² ɪ, 364.

Einen merkwürdigen Wandel von *ê* zu *á* weisen schon in mhd. Zeit, und zwar besonders im Md., Praet. und Part. der beiden Verba *kêren* und *lêren* auf, indem sie *karte, gekart* und *larte, gelart* bilden. (Weinhold, mhd. Gr. ¹ §§ 60, 56.). Weinhold schliesst aus den Reimen, dass *á* in diesen Formen zu *a* gekürzt worden sei. Dass sich aber, im Volksmund wenigstens, die alten Formen mit *á* erhalten haben, lehrt die sg. Mundart. Hier haben wir zu *kāēərn* die Formen *qāōərdə, gəqāōərt, qāōər* „Kehre" (cf. Heinz. pg. 31.). *frqāōərt* „verkehrt", auch „übelgelaunt", „launisch", von *lāēərn*, welches, wie schon mhd. *lêren* das got. *laisjan*, ahd. *lêrran* und ahd. *lêrnên* in sich vereinigt, die Bildungen *lāōərdə, gəlāōərt, lāōər* „Lehre", und zwar sind diese Formen ausschliesslich im Gebrauch.

Wohl zu unterscheiden von *kāēərn* ist sg. *kēərn* „fegen", durch Dehnung des Stammvocals aus ahd. *kerren*, mhd. *kern* hervorgegangen. Contamination beider Verben ist eingetreten in *bəkēərn* „bekehren", welches im Infinitiv zu *kēərn* gestellt wurde. Es lässt dies wohl auf Entlehnung des Wortes aus der Schriftsprache schliessen. Im Part. und Praet. stehn beide Bildungen *bəkēərdə, bəkēərt* und *bəqāōərdə, bəqāōərt* neben einander; die letztern Formen werden endlich noch häufig in *beqōərdə, bəqōərt* entstellt, vielleicht in Anlehnung an Formen wie *hōōrdə* zu *hēərn*.

Das germ. ê.

Das germ. *ê*, dem auch got. ein *ê* entspricht, ist ein verhältnismässig sehr seltener Laut. Einen kleinen Zuwachs erhielt sein Bestand durch einige lat. Lehnwörter. (Behaghel P. G. ɪ, 3, pg. 563.).

Im Nd. blieb *ê* in and. Zeit unversehrt erhalten, eine Ausnahme scheint nur das Ndfrk. gemacht zu haben, dass *ie* dafür eintreten liess. Später liessen auch die meisten andern nd. Mundarten *ê* nicht unverändert, sondern diphthongirten es zu *ei*. Nur einige Dialekte der Nordseeküste haben *ê* bis heute bewahrt.

Im Hd. wird zunächst im 8. Jahrhundert *ê* in der Schrift diphthongirt zu *ea*, welches sich dann in ahd. Zeit über *ia* zu *ie* entwickelt, das im Mhd. das allein herrschende ist. (Weinhold, mhd. Gr. ¹ § 111; kl. mhd. Gr. ² § 36.). Dieses *ie* resp. *i̋* zeigen nun meistens auch die sg. Urkunden. So steht *hi̋* in 130, 140, 147 etc., *hic* in 266 u. a. Aber dieses *ie* müssen wir auf Rechnung der mhd. Urkundensprache setzen, in dem Munde des Volkes erhielt sich wie sonst rip. so auch. sg. das germ. *ê* unversehrt bis auf den heutigen Tag. Auch aus den Urkunden ist es noch nicht ganz verschwunden, denn wir haben *hee* sowohl in sg. Uk. 267 als auch in 288. Wiederum haben wir hier ein Beispiel, dass das sg.-rip. Idiom eine seiner nd. Eigentümlichkeiten besser bewahrt hat als das Nd. selbst. Eine Annahme, dass in mhd. Zeit *ie* im Sg. einmal vorhanden war, später aber wieder dem *ê* wich, erscheint mir undenkbar. (cf. *ô*).

Die wenig zahlreichen Beispiele sind:

hê „hier" mhd. *hie*, *hier*, ahd. *hiar*, *hear*, agls. *hér*, as. *hier*, *hir*, *hér*, got. *hér*. Aus dem md. *hi* erklären sich urk. Formen wie *hiiûber* (sg. Uk. 305), *hibi* (193).

Fast verdrängt durch das der Schriftsprache entstammende *vi* ist sg. *vê*, das vielleicht der direkte Nachfolger des got. Instrumentalis *hé* ist. Solche Instrumentalformen sind wohl auch das ahd. *wea* und *wia*, die später zusammenfielen mit dem dem got. *hwaiwa* entsprechenden ahd. *hwéo*. Das sg. Wort kann nicht Nachfolger jenes got. *hwaiwa* sein, denn es müsste dann, wie wir beim *ai* sehn werden, wenigstens im östl. Siegerland *véɔ* lauten. Ebenso wenig entspricht auch sg. *vê* dem gemmd. *wê* (Schade ² ı, 438.), dessen *ê* seinerseits nicht auf urspr. *ê* beruhen kann. Wir müssen also wohl in dem sg. *vê* einen letzten Rest des alten Instrumentalis annehmen. Auf urspr. *ê* deuten auch die Schreibungen der sg. Urkunden: *wi̋* (140), *wee* (288).

Ein vor der hochdeutschen Diphthongirung von *ê* herübergenommenes lat. Lehnwort ist das Wort *Brief*, sg. *bréf*, lat. neutr. *breve*, in vulgärlat. Aussprache *brére* entsprechend. Ahd. haben wir *briaf*, *brief*, as. *bréf*. Die sg. Urkunden haben meistens *ie* (*i̋*): *briebe* (324), *brif* (195), *bri̋fe* (208) etc., daneben jedoch auch *i*: *brif* (130; 147), *bryff* (301), endlich auch *é*:

breff (152). In den Formen *breyf* (191; 269), *breif* (151) liegt wohl die in den sg. Urkunden sehr häufig gebrauchte nd. Schreibung von Diphthong für langen Vocal vor (cf. Behaghel P. G. I, 3, pg. 565.). Wir hätten also auch hier *ê* in der Aussprache anzunehmen. Ein auf urgerm. *iʒ* beruhendes *ê* liegt vor in sg. *mêrɔ* „mieten" von ahd. *mieta, miata,* as. *mêda,* ngls. *mêd,* got. *mizdô.* cf. griech. *μισϑός.*

Eine ganz beträchtliche Einbusse droht dem Bestand des *ê* im sg. Dialekt dadurch, dass bei den reduplicirenden Verben, wo im Praet. sowohl im Mhd. als in der nhd. Schriftsprache noch der lautgesetzliche Nachfolger von westgerm. *ê,* das *ie,* in Gebrauch ist, das zu erwartende *ê* zwar noch vorhanden ist, aber schon als archaische Form gilt, welche man lieber durch ein moderneres *ô* ersetzt. Dass schon im Mhd. Ansätze zu dieser eigenthümlichen Entartung vorhanden waren, und wie sie sich entwickelt hat, können mhd. Formen wie *huʒ* (Weinhold, mhd. Gr. [1] §§ 88, 343) und *gung* (ebendas. § 340) erweisen. Befördert wurde diese unorganische Bildung vielleicht durch Anlehnung der reduplicirenden Verba mit dem Stammvocal *a* im Praesens an die 6. ablautende Klasse (got. Ablautsreihe *a ô ô a*). Wir erhalten demnach im Sg. neben den entsprechenden Formen mit *ê* als fast allgemein durchgedrungene Neubildungen: *föl* „fiel", *hôl* „hielt", *hôʒ* „hiess", *löf* „lief", *blôs* „blies", *brô* „briet", mit Kürzung *fonk* „fing", *χon* „ging".

ruofen, sg. *rôfɔ* war schon im Mhd. zur schwachen Conjugation übergegangen (Weinhold, mhd. Gr. [1] § 342.), das Praet. lautet auch sg. *rôfdɔ,* daneben selten noch *rêf,* das Part. immer *gɔrôfɔ.*

Das germ. i.

Das germ. *î,* dem idg. langen *i*-Laut entsprechend und im Got. von Wulfila durch *ei* bezeichnet, beginnt in mhd. Zeit, zunächst in Oesterreich und Bayern, sich in zwei Laute zu spalten. Im 14. Jahrhundert hat diese Diphthongirung sich schon nach Böhmen, Franken und Schlesien ausgebreitet. In der nhd. Schriftsprache ist die Spaltung des *i* dann vollständig durchge-

gedrungen und geht so weit, dass die Schrift zwar meist *ei*,
die Aussprache aber überall *ai* hat.

Anders verhält es sich mit den Dialekten. Vollständige
Diphthongirung haben wir nur im Bayr.-Oestr., Obfrk., südl. Rip.,
Obsächs. und Schles. Das alte *i* ist im Wesentlichen erhalten
im Südalem. (Schweiz und Elsass) wie im ganzen Nd. Endlich
haben wir in den dazwischen liegenden Gebieten, im nördl.
Ripuarien, in Schwaben und in Thüringen einen Uebergangs-
status, indem sich hier nur Spuren der beginnenden Diphthongirung zeigen. (vgl. Behaghel P. G. I, 3, pg. 565.).

Zu diesen letztgenannten Mundarten, deren Lautgestaltung
hier besonders von Interesse ist, gehört auch die siegensche.
Sie lässt nie *ai* eintreten und stellt sich so in einen scharfen
Gegensatz zum Hessischen und östl. Nassauischen, wo, wenn-
gleich die Diphthongirung zuweilen bei *ei* stehn blieb, der
Spaltungstrieb doch sonst so stark war, dass sogar unorganische
Diphthongirungen zu vermerken sind, z. B. in *aich* „ich".

Indessen ist dennoch die Zahl der erhaltenen *i* im Sg.
nicht gross, da *i* meistens der Verkürzung zu *i* verfiel. (Heinz.
pg. 31 f.).

Erhalten blieb *i* nur, wo Ersatz der Vocallänge durch Con-
sonantengemination nicht möglich war, also vor den weichen
Spiranten *s*, wenn es ursprünglich intervocalisch war, *r*, das sg.
aus germ. ð entstand, *r*, das auf *þ* zurückgeht, und echtem *r*,
vor dem *i* eintritt.

Beispiele:

isə „Eisen" ahd. *isan*, got. *eisarn*.

ris „Weise" ahd. *wisa*.

frghstrt „verstört", „stark erschrocken" (Heinz. pg. 32; Schmidt
pg. 292.), schon von diesen zu got. *usgeisnan* gestellt. Dazu
gesellt sich noch an. *geis* „gewaltsames Verfahren", *geisa*
„mit Wut hervorbrechen". Das sg. Wort ist vielleicht geeignet, die Ableitung von ahd. mhd. *geist* aus dieser Wurzel
gis-, *gais-* zu stützen. Schade 2 I, 292; Kluge 4 108.

siər „lauter", „rein" as. *skir*, agls. *scir*, got. *skeirs*. Ein Compositum ist *siərënzich*, vielleicht aus *siər* und *ainzich*, mit
verstärkter Bedeutung. Kluge 4 301. Vilm. 350.

sbiər „Halm", „Haar" (Vilm. 393; Heinz. 76.) gehört vielleicht
zu mhd. ahd. *spër.*

miər „wir" mit Uebergang von *w* zu *m*, der sich auch sonst
dial. findet; ahd. *wir*, got. *reis.* Schon mhd. *wir* hat *i* gekürzt. Weinh., kl. mhd. Gr. ² § 64.

rirr „Weiber", plur. von gekürztem *riff* „Weib", ahd. *wip*,
agls. *wif.* Ableitungen davon sind *rismënsə* n. „Weibsperson"
(städt. *ribsmënsə*), plur. *risli* „Weibsleute."

zwirl „Zweifel" ahd. *zwifal.*

blirə „bleiben" ahd. *biliban*, got. *bileiban.* (cf. *bläirə* pg. 87).

rir „Reibeisen" zu *rirə* ahd. *riban.*

zirə „Zeiten", plur. von *zitt* „Zeit" ahd. *zit.*

ri „Weide", „salix" ahd. *wida.*

snirr „Schneider" von *snirə* ahd. *snidan*, got. *sneiþan.*

Lat. Lehnwörter sind:

sbis nur noch „Maurerspeise", „Mörtel" ahd. *spisa*, mlat. *spêsa*
aus **spensa.*

si „Seide" ahd. *sida*, lat. *sêta.*

fiərn „feiern", *fiərdáχ* ahd. *firatag*, lat. *fêriae.*

Stand *s* im Auslaut und deshalb *i* in geschlossener Silbe
so tritt unter Verdopplung des *s* Kürzung des *i* zu *i* ein. Beispiele s. unten.

i bleibt auch in dieser Stellung erhalten in
ris „Reis", „Zweig" ahd. *ris*, *hris.* Hier erklärt sich *i* vielleicht
aus Einwirkung des sehr häufigen Plurals.

gris „greis" ahd. *gris* erklärt sich vielleicht aus Analogiewir-
kung des viel häufigern *grisich.* (s. die Suffixe).

In allen andern Stellungen wird *i* sg. zu *i* verkürzt unter
Verdopplung des folgenden Consonanten. Das so entstandene
i unterscheidet sich von dem germ. *i* durch grössere Constanz,
da es der Senkung zu *ę* zu widerstehn vermag.

Beispiele:

ritt „weit" ahd. *wit.*

sitt „Scheit", auch weibl. Schelte, ahd. *scit.*

rizz „weiss", ahd. *wiz*, got. *hveits.*

iss „Eis" ahd. *is.*

rizze „reissen" ahd. *rizan*, as. *writan.*

risdə „Bund Flachs" mhd. *ristc*, auch sonst nhd. dial. vorkommend. Schade [2] II, 718.

gnisdə „anklebender Dreck", bes. „Nasendreck" (Heinz. 100), mhd. *gnist*, nhd. thür. hess. (Vilm. 211) tirol. *gneist*, zu *gnitan* „fricare". Schade [2] I, 339.

gnipp „sichelartiges Messer" und. *knif*, thür. *knif*, engl. *knife*, an. *knifr*. Obd. *kneif* und *kneip* stammen aus dem Nd. Schade [2] I, 501. vgl. mhd. *gnippe* „Dolch".

siffə „Talschlucht mit durchsickerndem Wasser", auch in Ortsnamen wie *Dornsiffə*, *Boqqsiffə* etc., entspricht und. *sife* (Schade [2] II, 760.), vgl. urk. *Sifen* (sg. Uk. 147.). Derselbe Stamm liegt vor in md. *sifen* „tröpfeln", nnd. *sipen*, *sipern*, afris. *sipa*, engl. *sipe*, nd. *däksipe* „Dachtraufe" (Heinz. pg. 80). Dazu *särr* (pg. 87.).

šibbḷn „wälzen", „rollen", Iterativbildung zu ahd. *sciben*, mhd. *schiben*.

hibbəz „penis" zu dem Stamm *hiw-* „heiraten", der vorliegt in ahd. *hiwo*, *hiwi*, *hiwjan*, *hiwunga*, as. *hiwiski*. Die Verhärtung des *w* zu *b* findet sich noch in mhd. *hibaere*, ahd. *hibâri*, *hibârig*. (Ueber das Suff. *-əz* s. die Suffixe). cf. hess. *hiller* Vilm. 168., *hippel* Vilm. 170. Zu demselben Stamm gehört jedenfalls sg. *hisdə*, eine Schelte für ein erwachsenes Mädchen, gebildet wie mhd. *hister* „heiratslustig" (Schade [2] I, 403) und im Sg. behandelt wie *gnisdə*, *risdə* (s. o).

šdijjə „steigen" ahd. *stigan*, got. *steigan*.

dich in der Bedeutung dem nhd. nd. Lehnwort *Deich* entsprechend, während die Bedeutung des nhd. *Teich* ihm ganz fremd ist, gehört zu nd. *dik*, ndl. *dijk*, agls. *dike*, engl. *dike*. Davon vielleicht *ärich* „Canal". (s. bei den Compos).

kich in der Redensart *dr kich há* „das Keuchen haben", „brustkrank sein" entspricht mhd. *kiche* „Keuchen", „schweres Atmen". Dazu gehört wohl das sg. *sech kichḷn* „sich niederkauern", *off dr kichḷ sętzə* „kauern". Die Grundbedeutung ist also wohl die des Gebeugten, Zusammengekauerten. Nasalirung der Wurzel liegt vor in holst. *kinghosten*, ndl. *kinkhoest*. Kluge [4] 168.

slichə „Regenwurm" ist hd. nur erhalten in nhd. *Blindschleiche*, ahd. *blintslicho* von *slihhan* „schleichen". *Blindschleiche* ist sg. unbekannt.

fill „Feile" ahd. *fila* aus *fihala.* Kluge[1] 81.

iln „eilen" ahd. *ilen.*

kimm „Keim" ahd. *chim, chimo.*

rimmcha „Gedicht" ahd. *rim,* agls. *rim* „Zahl".

rin „Wein" ahd. *win,* got. *vein.*

lin „Lein", „Flachs" ahd. *lin.*

grinncha „Kaninchen", westerw. *greinche, kreinche,* hess. *greinhase* (Vilm. 136; Heinz. 32.) von ahd. *grinan* „die Zähne fletschen."

Ein lat. Lehnwort ist *gridda* „Kreide" mhd. *kride,* sp. ahd. *krida* aus lat. *creta.*

.Fällt hinter ursprünglichem *i* schliessendes *n* aus, wie es im Dialekt von Hilchenbach geschieht, so wird *i* zum Ersatz wieder gedehnt: *mi* „mein", gemsg. *min; ri* „Wein", gemsg. *riv.* Im äussersten Südosten des Siegerlands (so in Wilnsdorf) hat aus schliessendem *n* entstandenes *v* die Kraft, vorhergehendes aus *i* verkürztes *i* zu *ë* zu brechen; z. B. *mëv, dëv, rëv* etc. vgl. die franz. Aussprache von *-in.*

Ganz besonders interessant gestalten sich die Lautverhältnisse des Sg., wenn germ. *i* im Inlaut vor Vocal oder im Auslaut stand, denn hier können wir den langen Vocal in seinen ersten Schritten auf dem Wege der Diphthongirung beobachten. Auszugehn ist dabei von der Stellung des *i* vor Vocal.

Wie suffixales *j* hinter vocalischen Stämmen im Mhd. sehr häufig schwand (cf. Weinhold, mhd. Gr.[1] § 221; kl. mhd. Gr. § 95), so wurde andrerseits nicht selten aus langem Vocal vor Vocal eine Spirans entwickelt, welche zur Vermeidung des Hiatus diente. Dass diese Spirans lediglich zur Beseitigung des Hiatus verwandt wurde, ist auch der Grund dafür, dass *j,* mochte es nun ursprünglich suffixal oder aber aus langem Vocal hypostasirt sein, besonders im Md. nicht selten in die labiale Spirans *w* übergehn oder auch sich zur palatalen Gutturalis *g* verhärten konnte. (Weinhold, mhd. Gr.[1] § 206; kl. mhd. Gr.[2] § 90). Letztere Erscheinung findet sich auch im Nd., und das dem Sg. benachbarte Westfälische weist sie noch heute auf. (Heinz. 32 f.).

Im Sg. geht nun unter nd. Einfluss diese Entwicklung

einer Spirans zwischen *i* und folgendem Vocal regelmässig vor
sich. Indessen wird hier durch die Spirantenentwicklung aus
dem *i* der übrigbleibende vocalische Bestandteil des langen
Vocals dermassen geschwächt, dass er von dem hoch articulirten *i* zu tiefem, offenem *ë* herabsinkt. Da nun die Spirans
halbvocalischen Charakter zeigt, so ergibt sich als Vertreter
des *i* ein *ëį,* ein unechter Diphthong, der ungefähr die Mitte
hält zwischen dem vollen hessischen Diphthong *ai* und dem in
seinem letzten Bestandteil durchaus consonantischen westfälischen
ig. Dieser Zwitterlaut *ëį* ist auch sonst im Ripuarischen nicht
selten und ist etwa zu vergleichen mit jenem *əi,* das der schwäbische Dialekt für germ. *î* bietet. (Weinhold, mhd. Gr. ² § 105 ff.).
Wie nun das Sg. in der Entwicklung des *i* nach dem
Diphthong dem Hd. mehr entgegenkommt als z. B. das nd.
Westfälische, so ist diese eigenartige Behandlung des *i* im Sg.
auch zu weiterer Verbreitung gelangt als im Nd. Wir haben
nämlich das sg. *ëį* auch im Auslaut, wo das Westfälische und
andre nd. Mundarten das *i* unversehrt erhalten. Hier müssen
sich zunächst, je nachdem das folgende Wort mit Vocal oder
mit Consonant anlautete, Doppelformen ergeben haben, wobei
das Sg. die der hd. Entwicklung am nächsten stehende, das
Nd. die entgegengesetzte Form als allgemein gültig annahm.
Zur Illustration der sg. Lautverhältnisse und ihrer Stellung
zu den Nachbardialekten mag ein Wort dienen, dass auch
Heinz. (pg. 33) zu diesem Zweck benutzt. Es ist das sg. *frëįərëį*
„Brautwerbung“, wofür wir hess.-nass. mit vollem Diphthong
fraierai, westf. aber mit verschiedener Entwicklung in Inlaut
und Auslaut *friggerî* haben.
Dass diese sg. Lautentwicklung noch verhältnismässig jung
ist, erhellt daraus, dass die Urkunden, soweit sich dies bei der
Seltenheit der Fälle beobachten lässt, noch durchgängig un-
versehrtes *i* zu haben scheinen. Das Zahlwort *drei* tritt wenigstens noch überall in den Urkunden als *dri, drŷ* auf.
Doch auch so schon ist die Behandlung des *i* im Sg. in
der Stellung vor Vocal interessant genug, um noch einmal im
Zusammenhang vorgeführt zu werden. Die Uranfänge der Diphthongirung des *i* liegen demnach in der Entwicklung eines halbvocalischen Spiranten aus dem langen Vocal, der zunächst nur
zur Vermeidung des Hiatus dienen soll. Darauf erfolgt Senkung

des übrigbleibenden vocalischen Bestandteils des *i*, während die Spirans *i* ihre hohe Articulation beibehält, und der Diphthong ist in seinen Anfängen geschaffen. So weit geht die Entwicklung im Sg. Nun kann die Diphthongirung weiter schreiten, indem sich der erste Bestandteil des Doppellauts noch mehr von seiner ursprünglichen palatalen Articulation entfernt und ganz zu *a* wird, während die ursprüngliche Spirans *i* allmählich dem vollen Vocal *i* sich nähert und dem *a* ganz gleichwertig wird. Und wie an Intensität, so gewinnt die Diphthongirung auch an Verbreitung, bis schliesslich jedes *i* ihr verfallen ist. Diesen Stand haben denn auch schon viele hd. Mundarten erreicht. Mag auch im Einzelnen die Diphthongirung des *i* nicht überall genau in dieser Weise verlaufen sein, sicher ist doch, dass sie im Inlaut vor Vocal zuerst auftritt, und dies wird auch durch viele andre Dialekte bestätigt. cf. Behaghel P. G. i, 3, 565.

Beispiele:

dreï „drei“ mhd. ahd. *dri*, got. **preis*. In der Zusammensetzung *druzɔ* „dreizehn“ ist der Rest des alten neutralen *driu*, md. *drû* erhalten, den das schon als Compositum empfundene *dreï honrt* nicht mehr zeigt. Die Urkunden haben die neutrale Form noch in beiden Fällen; sowohl *druzenhundert* (276; 324; 290) als auch *druhundirt* (266; 288; 309), *drühundert* (302; 311), daneben allerdings auch schon *dryhundert* (332), *drihundert* (260; 268), während sich bei 13 eine solche Form nicht zeigt. 30 ist sg. *drizzich* ahd. *drizug*, urk. *drizegisten* u. ä. (188; 191; 193; 211.).

breï „Brei“ mhd. *bri*, *brie*, ahd. *brio*, ndl. *brij*, agls. *briw*.

veï „Weihe“, *hônrreï* „Hühnerhabicht“, mhd. *wîe*, ahd. *wîe* aus **wîjo*.

seï „Seihe“, dimin. *seïlchɔ* „kleiner geflochtener Korb“, zu mhd. *sîhe*, ahd. *sîha*.

reï „Reihe“ mhd. *rîhe*.

deïɔ „gedeihen“ ahd. *dîhan*, got. *peihan*.

gleïɔ „Kleien“ mhd. *klîe*, *klîen*, ahd. *chlîa*, *chlîwa*, mnd. *clîge*.

beïl „Beil“ mhd. *bîhel* neben *bîl*, ahd. *bîhal*, *bial*.

Ein lat. Lehnwort ist sg. *reïr* „Weiher“ mhd. *wîwer*, ahd. *wiwâri*, *wiâri* aus lat. *vivarium*.

Eine Ausnahme macht scheinbar *bî* „bei“. Hier liegt aber

nicht urspr. *i* sondern spätere Dehnung von *hi* zu *hi* vor, wie
schon Heinz. pg. 33 sah. cf. Weinhold, kl. mhd. Gr. § 26. Kluge⁴
23. Merkwürdig ist allerdings die Dehnung zu *i*.

Im alleräussersten Südosten, an der Grenze des Südfrk.,
tritt auch da, wo sonst *i* als Länge erhalten bleibt, das *ëi* ein,
ein Beweis, dass es die Vorstufe zur Diphthongirung ist. Wir
haben also hier *ëisə* „Eisen", *sᵉïr* für gemäg. *sior*, *blëïra*
„bleiben", *snëïra* „schneiden" etc.

Das germ. ô.

Die Entwicklung des germ. ô geht zwar im Ganzen doch
nicht in allen Einzelheiten parallel der des germ. ê.

Von der Mitte des 8. Jahrhunderts an erscheinen in der
Schreibung obd. Literaturdenkmäler für germ. ô Diphthonge.
Zunächst sehn wir in alemannischen Texten *oa*, später *ua*,
nach 900 allgemein *uo* geschrieben. Gleichzeitig hat auch das
Bair. die Schreibung *uo* eingeführt, ohne dass sich hier jedoch
jene Zwischenstufen der Entwicklung nachweisen liessen. Von
den fränkischen Mundarten hat nur der südliche Teil des
Südfrk. (Otfrid) das alemann. *ua*, während in den meisten
andern frk. Denkmälern schon seit Ende des 8. Jahrhunderts
uo herrscht. cf. Braune, ahd. Gr. ² §§ 38 ff. In mhd. Zeit endlich tritt in den meisten md. Dialekten, so in der Wetterau,
Thüringen, Meissen, Schlesien an Stelle des *uo* ein *û*, das auch
in der nhd. Schriftsprache fest wurde. (Weinhold, mhd. Gr. ¹ §87).

Auf diesem Wege von dem germ. ô zu dem nhd. schriftsprachlichen *û* sind die ahd. mhd. Schreibungen *oa*, *ua*, *uo*
die Zwischenstationen. Diese Laute waren aber nicht, wenigstens nicht zu allen Zeiten, echte Diphthonge, in denen beide
Vocale gleich berechtigt gewesen wären. Träger des Accents
ist vielmehr nur das *u*, das daher auch bald zu *û* wurde; der
zweite Vocal, ehemals allerdings dem *u* gleichberechtigt und
wie dieses aus dem circumflectirten germ. ô hervorgegangen,
verlor sehr früh den Accent und sank zu einem blossen Nachschlag herab. Aehnliche Nachschlagvocale sind uns im Sg.
schon öfter begegnet und werden uns auch später noch be-
schäftigen. Sie bilden sich stets wenn ein hochtoniger langer
Vocal in einen andern übergeht. Jenen Nachschlag des sich aus

dem *ó* bildenden *ú* würden wir heute etwa allgemein mit *ọ* bezeichnen. die Verschiedenheit seiner schriftlichen Darstellung im Ahd. hat für die Sprachgeschichte wenig Interesse und ist nur von Bedeutung für die Trennung der ahd. Dialekte, welche den nachschlagenden Vocal bald breiter (alem. *ua*), bald weniger breit (*uo*) sprachen. Der allgemein herrschende Trieb nach Verengung, der diese ganze Bewegung des germ. *ô* bewirkt hatte, liess dann später die engste Form *uo* allgemein werden, bis schliesslich im Ostmd. das *o* ganz im *u* aufging. Dieser Charakter des ahd. *uo* macht es klar, dass der Laut, wo er vorkam, immer zu *ú* notwendig führen musste. Die Mundarten also, welche heute ein *ó* für germ. *ô* aufweisen, können ein *uo* nie gehabt haben. Wir müssen hier vielmehr ununterbrochenes Leben des alten *ó* wenigstens im Volksmund annehmen. Ist doch *ó* auch aus den Schriftdenkmälern nie ganz geschwunden und in Ripuarien, an der Mosel und an der Lahn sogar ziemlich fest. (Weinh., mhd. Gr. [1] § 77). Wenn aber in den mittelalterlichen Texten auch dieser Gebiete für germ. *ó* ein *uo* oder *ú* erscheint, so ist das lediglich Einfluss der mhd. Urkundensprache, die ja auch in bair. Denkmäler das md. *ú* eingeschmuggelt hat. (Weinh., mhd. Gr. [1] §§ 75, 77, 131).

Auch im Nd. haben wir zwei verschiedene Entwicklungen. Während das As. nach Ausweis der Literatur *ó* unversehrt erhielt und es erst neuerdings in einigen Dialekten wie im Westfäl. zu *au* diphthongirte (Heyne, as. u. andfrk. Gr. pg. 7; Gallee, as. Gr. pg. 16; Behaghel P. G. i, 3, 563), haben die wenig zahlreichen andfrk. Texte, wie die hd., *uo*, das, im Mndl. *oe* (*ue*) geschrieben (Franck, mndl. Gr. pg. 28 ff.; Heyne a. a. O. pg. 15), in der heutigen Aussprache des Nndl. *ú* geworden ist. Auch hier fehlen Schreibungen mit *ó* nicht.

Dass die in der schriftlichen Darstellung vorhandene Spaltung des *ó* in *uo* nie eine richtige Diphthongirung sondern lediglich der Ausdruck einer nach Zeit und Ort verschiedenen, doch durch die Geschäftssprache zum Ausgleich gebrachten, sich sehr langsam vollziehenden Tonerhöhung des alten *ó* war, die allein der circumflectirenden Aussprache des *ó* ihre Vollziehung verdankt, zeigt der Umstand, dass sich *ó* in nebentonigen Silben sowohl hd. als andfrk. erhielt. (Weinh., mhd. Gr.[1] §§ 75, 77; Heyne, as. u. andfrk. Gr. pg. 15).

Zu den Dialekten, welche *ô* bewahrten, gehört auch das
Sg. Zwar haben die sg. Urkunden meist auch *dân̄ uo* resp.
ū̄ der Geschäftssprache, doch fehlt auch *ô* nicht ganz. Das
zeigen Schreibungen wie *zô* (152), *zcô* (310), *dòn* (324), *bròder*
(266) u. a. Auch nd. diphthongische Bezeichnungen wie *doen*,
goede (152), *doin* (245, 288), *doenn* (301) etc. dürfen wir als
Zeugen für *ô* in Anspruch nehmen.

Beispiele:

môt „Mut" ahd. *muot*, got. *môþs*.

môs „Mus", bes. „Gemüse" ahd. *muos*, as. *môs*. Davon *suormôs*
„Sauerkohl", *grêmôs* „Grünkohl".

rôst „Russ", mit auslaut. *t*, ahd. *ruoz*, ndl. *roet* „Russ". Kluge[4] 287.

gròv „Grube", „Bergwerk" ahd. *gruoba*, got. *grôba*.

ôvr „Ufer" mhd. *uover*, agls. *ôfcr*.

rôfə „rufen" ahd. *ruofan*, as. *hrôpan*. cf. pg. 61.

rôj „Ruhe" ahd. *ruowa*, agls. *rôw*.

hlôχ „Pflug" ahd. *pfluog*, agls. *plôh*.

dôχ „Tuch" ahd. *tuoh*, as. *dôk*.

sô „Schuh" ahd. *scuoh*, got. *skôhs*.

qô „Kuh" ahd. *kuo*, as. *kô*.

pòl „Pfuhl" mhd. ahd. *pfuol*, agls. *pôl*.

blôm „Blume" ahd. *bluoma*, got. *blôma*.

hô „Huhn" ahd. *huon*, as. *hôn*.

Abweichend von der Schriftsprache hat das Sg. alte Länge
bewahrt in

mòrr „Mutter" ahd. *muotar*, as. *môdar*.

förr „Futter" ahd. *fuotar*, agls. *fôdor*.

grômət „Grummet" mhd. *gruonmát* wollen wir auch hier nennen.

Dagegen haben wir auch sg. Verkürzung in *mozzə* „müssen"
ahd. *muozan*, got. *ga-môtan*.

In der Zeitpartikel *dô* „damals" haben wir im Sg. für *ô*
gewöhnlich ein *ú*, also meistens *dú*, *dámâuls*. Schon in mhd.
Zeit war „*dú* im Md. geradezu Regel" (Weinhold, mhd. Gr.[1]
§ 88). Urk. haben wir *dû* (123); vgl. Schade[2] I, 106.

Auch ursprüngliches *ô* unterlag dem Umlaut durch vorhanden gewesenes *i*, *j* des Suffixes. Der lautgesetzlich er-
wartete Umlautvocal *oe* ist jedoch im Md. unbeliebt. Das zeigen
sehr viele md. Mundarten dadurch, dass sie dem Umlaut über-

haupt widerstreben. resp. ihn nicht schriftlich bezeichnen.
(Weinhold, mhd. Gr. ' § 82). Der siegener Dialekt lässt für *öē*
den entsprechenden hellen Laut *ē* eintreten, nur im Westen
(Freudenberg) und Norden (Ferndorf) ist *öē* möglich.

Beispiele:

hérə „hüten" ahd. *huoten*, as. *hòdian*, agls. *hédan*.
mé „müde" mhd. *müede*, ahd. *muodi*, as. *môði*, agls. *mêðe*.
drés „Drüse" mhd. *drüese*, *druose*, ahd. *druosi*.
sézə „süss" ahd. *suozi*, as. *swôti*, agls. *swêti*.
dést, dét, 2. u. 3. Pers. Sing. Ind. Praes. von *dô, dāo* „tun" ahd.
tuon, as. *dôn*. Die ostsg. Infinitivbildung *dāo* ist wohl durch
falsche Analogie nach *śdāo* und *γāo* gebildet, wo *āo* lautgesetzlich ist. (pg. 56).
èrə „üben" ahd. *uoben*, as. *ôbian*.
dérru „drüben", auch mit Vocalkürzung *dérru*, hat merkwürdige
Metathesis des *r*, die, wie es scheint, durch Unbeliebtheit
von Cons. + *r* im Anlaut hervorgerufen ist. vgl. *śauk* zu
Schrank (s. pg. 14)
blé „blühen" mhd. *blüejen*, ahd. *bluojan*.
bré „Brühe" mhd. *brüeje*. Es gehört zu *brè* „brühen", das sg.
auf dem Land sich auch für „brennen" eingebürgert hat,
während man in der Stadt *brënn* aus der Schriftsprache
herübernahm.
gléjr „klüger", Compar. zu *glôχ* mhd. *kluoc*.
séchst, sécht, 2. u. 3. Pers. Sing. Ind. Praes. zum Inf. *sòχə, séchə*.
Die letztere Infinitivform, gebraucht auf dem Lande, ist
wahrscheinlich die echte sg. Lautform; sg. st. *sòχə* beruht
wohl auf Einfluss der Schriftsprache. Dem umgelauteten
séchə entspricht got. *sôkjan*, as. *sôkian*, agls. *sécan*, während
im Hd. umgelautete Formen selten sind. Die md. Formen
ohne Umlaut haben wohl hier die Bildungen *süechen*, *sóechen*,
die sich allerdings auch finden, verdrängt.
kél „kühl", mhd. *küel*, ahd. *chuoli*.
drél „trübe" ist eine eigentümliche Bildung. deren Verhältnis
zu mhd. *trüebe*, ahd. *truobi*, agls. *dróf* nicht klar ist.
kémlqalf „Kuhkalb" ist ein tautologisches Compositum. dessen
erster Bestandteil wohl unzweifelhaft ein dimin. von *qô*, mhd.
ahd. *kuo* ist. Wie die urverwandten Wörter zeigen, schloss

der Stamm dieses Wortes ursprünglich mit *r*. Ein Diminutiv mit dem Suffix-*ila* lautete daher nach Abwerfung des Flexionsvocals **qôril*, im Sg. **kêrl*. Nun ging hier wie in sg. *miǝr* zu hd. *wîr* das *v* in *m* über, was auch sonst dial. häufig ist (Weinh., al. Gr. § 168); so entsteht *kêml*, wofür sonst dial. *kuose, küese* vorkommt. (Schade [2] I, 525). cf. Schmidt 95 u. XII.

grê „grün" mhd. *grüene*, ahd. *gruoni*, agls. *grêne*. Verkürzung des Umlaut-*ê* vor gedecktem Nasal haben wir in sg. *hrukl* „Küchlein", dimin. von *hǒ* „Huhn". Auch andre westmd. Mundarten haben eine Bildung *hänkel*, wofür obd. *hüenli*, nd. *küken*, ahd. *huonichli* steht. Kluge [4] 193. Schade [2] I, 432.

In einem Fall hat auch das Sg. nach omd. Weise germ. *ọ* zu *ú* erhöht, nämlich vor *r*, wobei sich aber das nachschlagende *ǝ* wie immer vor *r* erhalten hat: *svûǝr* „Schwur" ahd. (*eid*)*swuor*. *šnûǝr* „Schnur" ahd. *snuor*, ndl. *snoer*. Davon sg. *šnaqqǝšnûǝr* „Peitschenschnur", die wegen der Schnelligkeit ihrer Bewegungen beim Knallen mit der Peitsche von dem nd. *schnake*, agls. *snacu*, mhd. *snâke*, einem sagenhaften, schlangenartigen Tier von grosser Schnelligkeit, (Schade [3] II, 836; Kluge [4] 311), ihren Namen erhielt. *šnuǝr* ist sg. masc. u. fem., *šnaqqǝšnuǝr* masc.

Der Umlaut dieses *úǝ* ist *iọ*: *šviǝr* Opt. Praet.; *šniercha*.

ó zeigen im Sg. lautgesetzlich die ablautenden Verba der VI. Klasse im Ind. Praet., während im Opt. Pract. der Umlaut *ê* steht. So *mól*—*mél*; *vôš*—*véš*; *šlôʒ*—*šléj*. Vor *r* steht natürlich *úǝ* resp. *iǝ*: *fúǝr*—*fiǝr*.

Ueber das *ó* der urspr. reduplicirenden Verben s. pg. 61.

Eine eigentümliche Behandlung erfuhr schon im Ahd. und Mhd. das *ô* im Femininum der Zweizahl, got. *tvôs*, indem hier gewöhnlich auf dem ganzen nd. Gebiet *ó* wider die Regel erhalten blieb. Vielleicht hatte man dieses *ô* als ein monophthongirtes *au* aufgefasst, wozu ja die Monophthongirung des *ai* in ahd. *zwêne*, dem zugehörigen Masculinum, aus got. *trái*

sehr leicht verleiten konnte. Dieser Auffassung entspricht denn
auch die Entwicklung im sg. Dialekt. Im südöstl. Siegerland,
auch in Eisern, lautet das Femininum der Zweizahl nämlich
zwòɯ; ôɯ ist aber in diesem Gebiet nicht das ursprüngliche ô
sondern der Nachfolger des au, wie wir später sehn werden.
Auch hier ist demnach eine falsche Auffassung des ô-Lautes
anzunehmen, die im östl. Siegerland auch noch dadurch begünstigt wurde, dass das hier lautgesetzlich das ahd. zwêne
vertretende masc. zvèɯ als Umlaut eines zugehörigen femin. zwòɯ
gelten konnte. Auch das sg. st. zvô kann man so auffassen,
freilich könnte hier ò auch auf germ. ô beruhen, da hier germ.
ô und monophthongirtes au oft zusammenfielen. vgl. Weinh.,
mhd. Gr.¹ § 75; kl. mhd. Gr.² § 39.

Das germ. û.

Die Entwicklung des germ. û geht in allen hd. Dialekten
der des germ. i völlig parallel. Was daher über die Behandlung des i im Hd. wie im Sg. gesagt wurde, gilt auch von dem û.
So begann auch beim û die Gunirung im Bair. und breitete sich
von da nach Norden aus. Ebenso zeigt das germ. û der heutigen
Dialekte ganz dieselbe Behandlung wie das i. Behaghel: P. G.
I, 3, 565; Weinh., mhd. Gr.¹ §§ 85, 99; kl. mhd. Gr.² § 42.

Auch û ist im Sg. nur erhalten vor den vier weichen
Spiranten: urspr. intervocalischem s, aus ð entstandenem r, aus
b gebildetem v und dem urspr. r. (Heinz. pg. 33). Vor echtem
r steht wieder ûɔ.

Beispiele:
sûsɯ „sausen" mhd. sûsen, ahd. sûsôn. Daneben steht in gleicher
Bedeutung eine wohl onomatopoëtische Neubildung šnûsɔ, der
im Anlaut nhd. schnurren entspricht.
lûsich „auf leichte Weise", „mit wenig Opfern", formal adj.
Bildung zu mhd. ahd. lûs, sg. luss. Die sg. Bedeutung ist
vielleicht geeignet, die Grimmsche Ableitung des Wortes lûs von
der Wurzel lus- „verlieren", sg. frlêsɔ, frliɔrn, die ja auch
an griech. φθείρ zu φθίρω eine Stütze hat. zu bestätigen.
Aehnlich stellt sich vielleicht sg. qûsɔ „hinwerfen", „nieder-
schmettern" zur Wz. kus-, welche vorliegt in mhd. ahd. kus,

vb. *kusjan* „küssen", die in dieser Bedeutung im Sg. fehlen.
Die Bedeutungsentwicklung hätte eine Analogie an sg. *šmatzɔ*
„schmettern" zu nhd. mundartl. *Schmatz* „Kuss".

hûrrrich „häutig", „von häutiger Beschaffenheit" von sg. *hutt*
mhd. ahd. *hût* „Haut".

sûrrn „schwatzen", davon *sûrrrich, sûrrḍębbɔ* „Schwätzer", entspricht der Bildung nach genau dem mhd. *swadern, swatern,*
das uns im Nhd. noch in der romanisirenden Ableitung
schwadroniren geläufig ist. Dazu gehört das sg. subst. *švatt*
„Rede", „Gerede", wozu mhd. *swatz, swętzen*, nhd. *schwatzen*
zu vergleichen sind. Auch im Sg. ist eine Neubildung
šrätzɔ vorhanden. Diese letztgenannten Formen haben ein
dentales Suffix. Schwierig ist es nun, zu sagen, wie die
beiden Stämme *sûp-* und *srap-* sich zu einander verhalten.
In dem Stamm *srap-* scheint eine Metathesis des *v* stattgefunden zu haben, so dass es zurückginge auf *savp-, saup-*
(s. sg. *qɔ̀ɔdrn* pg. 89). Diese Wurzel *saup-* liegt uns im
Gotischen wirklich vor in dem fem. *sáupa*, mit dem Wulfila
das griech. λόγος übersetzt. (1. Cor. XV, 2: *in h·ô saupô* =
τίνι λόγῳ; cf. Schade [2] II, 747). In *saup-* liegt nun die
Gunastufe zu *sûp-* vor, ersterm entspricht got. *sáupa*, letz-
term sg. *sûrrn*.

dûv „Taube" und „Daube", also = ahd. *tûba*, got. *dûbô*, wie
auch = an. *pûfa*, [mhd. *dûge*].

drûvḷ „Stachelbeere", nicht „Weintraube", mit demselben Suffix,
das in dem pg. 56 besprochenen *brãõmḷ* vorliegt, abgeleitet
von ahd. *trûba*, mhd. *trûbe*.

šûv „Regenschauer", „dunkle vereinzelte Regenwolke" entspricht der Bildung nach ahd. *scûwo*, (Gen. Dat. Sing *scûwen*
bei Tat. 21, 12; 4, 18), „Schatten", agls. *scûwa, scûa* (Schade [2]
II, 815 f.), got. *skuggwa*. Andre Ableitung zeigt mhd. *schûr,*
schûwer, ahd. *scûr* „Unwetter", „Hagel". Anders Heinz. pg. 69.

bûɔr „Bauer" mhd. *gebûr*, ahd. *gibûro*.

šûɔrn „vor dem Regen Obdach suchen" (Heinz. pg. 33), urk.
schûren „schützen" (sg. Uk. 322), zu mhd. *schûr*, ahd. *scûr* „Obdach" (cf. Schade [2] II, 814). Umlaut hat sg. *šûɔr* „Scheune"
mhd. *schiure*, ahd. *sciura* aus *scûrja*. cf. Vilm. 373, 348.

dûɔrn „dauern", *bɔdûɔrn* „beklagen" zu mhd. *tûren*. Das nhd.
Wort hat nd. Anlaut.

dûər eigtl. „Dauer". „Zeitdauer", daher *ʒ dûər* „eine Zeit lang", von mhd. *dûren* ist lat. Lehnwort (lat. *durare*) ebenso wie *mûər* „Mauer" ahd. *mûra*, lat. *murus*.

Stand *s* ursprünglich schon im Auslaut, so' tritt auch hier unter Verdopplung des *s* Verkürzung des *û* ein. Beispiele s. unten.

Vor allen andern Consonanten wird ebenso wie das *i* auch das *û* verkürzt. Auch das so entstandene *u* vermag wie *i* der Senkung zu widerstehn, der das ursprüngliche *u* zum Opfer fiel.

Beispiele:

brutt mhd. ahd. *brût*, got. *brûps*.

ruddə „Raute", dann auch „Fensterscheibe", mhd. *rûte*, ndl. *ruit*.

snuddə „Schnauze", „Ausguss an einem Gefäss" entspricht nd. *snûte*, ndl. *snuit*. Dazu gehört mhd. *snûzen*, nhd. dial. *schnaussen* „saugen", „naschen", während nhd. *Schnauze* eine unorganische Bildung ist. cf. Kluge⁴ 311. Vilm. 365.

quddə „Loch", „Vertiefung", hess. *kaute*, westerw. *kaut* (Heinz. pg. 34), sehr häufig in Orts- und Grubennamen, stellt sich vielleicht zu md. *cûle* „Grube", „Gruft". Ist dieses aus *kûdla* entstanden, so ist es nicht unmöglich, beide Wörter gemeinsam auf gr. *κεύθω* zurückzuführen.

fust „Faust" mhd. ahd. *fûst*, ndl. *fuist*.

lustrn „lauschen", westerw. *laustern*, bair. *laustern*, entspricht mhd. *lûstren*, ahd. *lûstrên*.

muss „Maus" mhd. ahd. *mûs*.

gruss „kraus" mhd. *krûs*. Die alte Vocallänge ist erhalten in dem davon abgeleiteten umgelauteten *grisln* „kräuseln". Das sg. Wort hat auch noch die alte Bedeutung „zornig" wie mengl. *crûs*, ndl. *groes*.

busə, masc., nicht fem., wie Heinz. pg. 33 behauptet, „Bund Stroh", hess. *bausch* (Vilm. 29) entspricht mhd. *bûsch*, ahd. *pûsk* „Wulst". Davon *sech busə* „sich bauschen". cf. Heinz. Wb. 39.

rubbə „Raupe" ahd. *rûpa, rûppa*.

suffə „saufen" mhd. *sûfen*, ahd. *sûfan*.

gruffə „kriechen" entspricht genau md. *crúfen* (Schade², I. 517), vgl. agls. *creópan*, ndl. *kriupen*. an. *krinpa*.

suʒʒə „saugen" mhd. *súgen*, ahd. *súgan*, iterat. *suggln*.

šduχə eigtl. „Muff", „Pulswärmer", dann auch „kleiner unansehnlicher Mensch", mhd. *stúche*, ahd. *stúcha* „Muff", „weit herabhängender Aermel", an. *stúka*. Kluge ⁴ 339.

luχə (plurale tantum) „Lauch" ist nuklar in seinen Beziehungen zu mhd. *louch*, ahd. *louh*. Dem Vocal nach entspricht den ahd. Formen genau sg. *lauf* in *béslauf* „Schnittlauch", doch ist hier Labialismus des Conson. eingetreten; vgl. fdf. *gôuf* „Schelm", „Narr" zu mhd. *gouch*. Heinz. pg. 104; Wb. 19.

brumm „Pflaume" mhd. *pflúme*. Sehr viele md. Dialektformen sowohl als auch ndl. *pruim* sowie spät ahd. *pfrúma* haben den Anlaut des lat. Mutterworts erhalten. Dagegen hat auch agls. *plúme* schon l. Kluge⁴ 261. Heinz. 60; Wb. 38.

rummə „räumen", nicht nur transitiv, sondern auch intrans., z. B. *y árvət rumt mr* „eine Arbeit geht mir von statten". Der Bildung nach entspricht mhd. *rúmen*, ahd. *rúman*.

mull „Maul", auch für „Mund" eingetreten, mhd. *múl*. ahd. *múla* f. Davon *sęch muln* „ein grosses Maul haben". Sg. ist wohl davon geschieden *moll* „Maulwurf", das in der Schriftsprache von *Maul* abgeleitet erscheint. Das Sg. bewahrte den alten Vocal von ahd. *moltwërf*. Dem sg. *moll* stehn am nächsten mengl. *mole*, ndl. westf. fries. *mol*. cf. Kluge⁴ 226. (Ueber das *ọ* in *moll* s. pg. 51.)

bruʋ „braun" mhd. ahd. *brún*.

zuʋ „Zaun" mhd. *zún*, agls. *tún*, sg. gleichlautend mit *zuʋ* „Zunge".

Auch ursprünglich im Inlaut vor Vocalen und im Auslaut stehend entwickelte sich *ú* genau ebenso wie *í*. Auch hier haben wir im Inlaut vor Vocalen Spirantenentwicklung, man vergleiche z. B. die Formen ahd. *búan*, *trúén*, mhd. *búwen*, *trúwen*, dazu die nd. Bildungen ndl. *vertrouwen*, agls. *búgjan* und westf. *bugge*. Die entwickelte Spirans war nicht, wie Heinz. pg. 35 angibt, eine palatale, sondern, dem velaren Charakter des *u* entsprechend, eine velare, die im Uebrigen der palatalen Spirans *j* durchaus parallel ist.

Auch beim *ú* wird durch Abzweigung dieser Spirans aus

dem langen Vocal der letztere so sehr geschwächt, dass er
von *u* zu *o̤* gesenkt wird, so dass wir für *û* ein *o̤u* erhalten,
genau entsprechend dem *ëï* für *î*. Auch hier verbreitet sich
diese Entwicklung auf das ursprünglich auslautende *û* weiter.
So steht auch bei der Behandlung des *û* das Sg., sowohl
was die Lautform selbst, als auch was ihre Verbreitung angeht, wieder zwischen dem hess. Südfrk. und dem westf. Nd.

Beispiele:

bo̤u „Bau", vb. *bo̤yo̤*, mhd. *bû*, vb. *bûwen*, ahd. *bûan*.
so̤u „Sau" mhd. ahd. ngls. *sû*. Während wohl ngls. *sugu* eine
suffixale Ableitung des Wortes ist, scheint in ndl. *zog*, *zeug*
und schwäb. *suge* nur Spirantenentwicklung vorzuliegen
(Kluge [4] 291); vgl. die umgelauteten mckl. *säg*, westf. *sügge*.
Sg. dimin. *sëïcho̤*, Heinz. pg. 36.
dro̤yo̤ „trauen" mhd. *trûwen*, ahd. *trûén*.
In *ro̤u* „rauh" fasste man die in mhd. *rûch*, ahd. *rûh*
im Auslaut stehende Spirans nicht mehr als ursprünglich, wahrscheinlich unter dem Einfluss der flectirten Formen, und konnte
nun das Wort so behandeln, als stände das *û* ursprünglich im
Auslaut.

Eine scheinbare Ausnahme ist *dû* „du", es geht hier aber
das *û* auf urspr. *u* zurück. Im äussersten Südosten des Sieger-
landes hat man die falsche Diphthongirung *do̤u*, *dau* eingeführt.

Eigentümlich ist das Zahlwort 1000 im Sg. behandelt.
Dem got. *þûsundi*, ahd. *tûsunt*, as. *thûsind*, ngls. *þûsend*, mhd.
tûsend, ndl. *duizend* entspricht im Sg. nicht, wie man erwarten
sollte, ein **dûso̤t*, sondern ein sehr auffälliges *do̤yso̤t*. Eine
ähnlich auffallende diphthongische Form bezeugt Behaghel
(P. G. I, 3, 565) für alem. Dialekte, die sonst nur Spuren der
Diphtongirung zeigen. Dagegen darf im Mhd. bair. *tousent*
(Weinhold, mhd. Gr. [1] § 320) nicht auffallen. Wie nun die sg.
und alem. Formen zu erklären seien, ist sehr schwer zu sagen.
Abd. und got. hat das Zahlwort offenbar gut germ. Lautcha-
rakter, so dass an Entlehnung nicht gedacht werden kann.
Auf idg. Ursprung des Wortes deuten auch wohl slav. Formen
wie aslov. *tysąšta*, lith. *túkstantis*, die ihrerseits kaum germ.
Lehnwörter sind. Wir werden das gemhd. Zahlwort daher

als urgerm. resp. idg. Wurzel aufzufassen haben. Anders ist es wohl mit den erwähnten dialektischen Formen. Hier waren natürlich die ebt germ. Lautformen auch vorhanden, es fand jedoch nun Anlehnung an lat. *decies centum* statt, für das Notker (Ps. 89, 4 bei Hatt. II, 325) vulgäre Aussprache *déscent* bezeugt. (Schade [2] II, 935.) So fühlte man das altgerm. Wort *düsent* als Zusammensetzung von lat. *centum*, und konnte nun das *dü-so* entwickeln als wäre es ein ursprünglich selbständiges Wort. Auf diese Weise lässt sich auch die Doppelgeschlechtigkeit des Wortes — es wird fem. und neutr. gebraucht (Schade [2] II, 934) — am besten erklären. (vgl. *döirl* unter *eu*).

Wie wir als Umlaut des *ā*, wo es sich ungeschwächt erhielt, ein *i* vorfanden, so haben wir als Umlaut des *ü* für das zu erwartende *ü* ein *î*.

Es liegt vor in:

hisr, plur. zu *huss*, wo Verkürzung eintrat.

lis, plur. zu *luss*.

birl „Beutel" mhd. *biutel*, ahd. *bûtil* (verkehrt Heinz. pg. 42).

liro „läuten", *j*-Ableitung zu *lutt*, mhd. *liuten*, ahd. *hlûtjan*. Das zugehörige intrans. Verbum ist *lüro* „lauten", „tönen", mhd. *lûten*, ahd. *hlûtên*.

bririjam mhd. *briutegome*, ahd. *brûtigomo*, agls. *brýdguma* zu *brutt* ahd. *brût*, got. *brûps*. Im fd. Dialekt, wo *ü* Umlautvocal ist, steht das synkopirte *brüm*.

dirrich „Tauber", mit doppeltem masc. Suff. abgeleitet von *dûr*, vgl. mhd. *tûber*.

hircho, dimin. zu *hûr* „Haube" abd. *hûba*.

miorr „Maurer" zu *mûor*, mit Umlaut, abweichend vom Nhd.

siorlich „säuerlich" zu *sûor* „sauer".

Ganz entsprechend ist der Umlaut des zu *u* verkürzten *û* im Sg. ein *i*.

Beispiele:

kittcho, dimin. zu *quddo* (pg. 75), dann auch euphemistischer Ausdruck für „Gefängnis".

liddich „zerbrechlich" wohl zu einem Stamm *lüd*- gehörig, der vorliegt in nhd. *liederlich*, *Lotter*-, ahd. *lotar*, agls. *lýþre* cf. Kluge [4] 212.

šdristchə „Sträusschen" mit unorgan. *t* wie auch *šdrust.* cf. mhd.
gestriuze, striuzach.

millchə „Mäulchen", „Mündchen", dimin. zu *mull.*

šifflchə „Schäufelchen", dimin. zu *šuffl* mhd. *schûrel,* ahd. *scûrala.*

šnifflu, iterat. zu *šnuffə* „schnaufen". „schnupfen", nhd. *schnüffeln.*

šnickr „Leckermaul". hess. *schnucker* (Vilm. 361), westerw.
schnaucker (Heinz. 35). von *šnuqqə* „schlecken". Dazu auch
šnuqqəz (s. d. Suffixe).

bichə, plur. von *buχ* „Bauch".

frsimmə „versäumen" mhd. *rersûmen,* ahd. *firsûmen.*

simmə „schäumen", „Schaum bilden" zu *summ* mhd. *schûm,* ahd.
scûm.

brivlich „bräunlich" zu *bruv.*

Ergab sich als Umlaut des *û* ein *i,* so ist der Umlautvocal
des vor Vocal aus *ô* entstandenen *ou* der Vertreter des ursprünglich vor Vocal stehenden *i,* d. i. jener in der Bildung
begriffene Halbdiphthong *ëi.* Wir haben also:
gəbëi „Gebäude", *bëichə* „Anbau" zu *bou;*
sëichə, dimin. zu *sou; sëiich* „schweinisch". Heinz., pg. 36.

Im äussersten Südosten des sg. Sprachgebiets tritt auch
beim *û* der Halbdiphthong *ou,* Umlaut *ëi,* ein, wo sonst sg. *û*
sich als Länge erhielt: *lousich, dourn, drouvl, sourrn,* ferner
hëisr, mëirr, bëirl, hëirchə etc.

In den nördlichen und westlichen Gebieten des Siegerlands,
wo die Neigung für dumpfe Vocale herrscht, erhalten wir als
Umlaut von *û* natürlich ein *ü,* von *u* ein *ü,* von *ou* ein *öi,* demnach frdbg. fdf.: *hüsr, bürl; müllchə, šdrüstchə; jəböi, söiich.*

Auf dem ganzen westgerm. Sprachgebiet wurde altgerm. *ai* schon vom 7. Jahrhundert ab vor den Lauten *r, h, w* monophongirt. Zuweilen finden wir diese Contraction auch im Wortauslaut und vor *n*, hier jedoch keineswegs als Regel. (Braune, ahd. Gr.² § 43. Weinhold. mhd. Gr.¹ §§ 63, 65; kl. mhd. Gr.² §§ 10, 35. Behaghel P. G. I, 3, pg. 567). Der so entstehende Laut war ursprünglich ein sehr offener, wie z. B. in Heliandhandschriften ihn vertretendes *a* bezeugt; er näherte sich aber immer mehr geschlossener Aussprache und ist in der nhd. Bühnensprache völlig zu geschlossem langem *e* geworden.

Der als ursprünglicher Contractionsvocal anzusetzende lange *ä*-Laut, der, wie wir sahen, dem *â* nahe stand, verengte sich auch im Sg. nur ganz allmählich zu geschlossenem *ê*. Es ist dies eine Entwicklung, welche der Wandlung des alten *ô* zu·*û* durchaus analog ist. Wir werden daher auch hier annehmen müssen, dass der allmähliche Uebergang zum geschlossenen Laut sich vollzog unter Bildung ähnlicher Nachschlagvocale, wie wir sie in dem *o, a* von ahd. *uo, ua* erkennen zu müssen glaubten. Diese Auffassung der Entwicklung des contrahirten *ai* findet denn auch in den Lautverhältnissen der sg. Mundart ihre volle Bestätigung. Im Sg. hat nämlich noch nicht überall der Contractionsvocal sich zum vollen *ê* entwickelt: in einzelnen Wörtern finden wir schon in der Stadt, weit häufiger noch auf dem Lande und besonders in Eisern und den östlichen Gegenden als Monophthongirung von *ai* ein *ëᵒ*. In diesem unechten Diphthong aber haben wir eben eine jener Uebergangsformen, welche zwischen dem alten offenen und dem neuen geschlossenen Contractionsvocal lagen, erhalten. Während das *ê*, wo es erscheint, ganz dem sg. Vertreter von germ. *ē* und *eo* entspricht, ist das *ëᵒ*, dessen erster, den Accent tragende Laut ebenfalls geschlossenes *é* ist, völlig zusammengefallen mit jenem *êə*, welches wir als Vertreter des Umlauts von früh gedehntem *a* vorfanden. Der Unterschied beider Laute ist nur der, dass das aus *ai* hervorgegangene *êə* auf dem Wege der Verengung begriffen ist, während das aus *a* entstandene Umlaut-*êə* sich dem *a* nähert. Da diese Lautbewegungen zwar in entgegengesetzter Richtung doch auf derselben Bahn verlaufen, so ist der völlige phonetische Zusammenfall beider Laute sehr wohl erklärlich. cf. Heinz. 36.

Wir haben nun überall, auch in der Stadt, das *êə* in folgenden Wörtern:

sléə „Schlehe" ahd. *sléha*.

zvéə, masc. der Zweizahl, ahd. *zwêne*, got. *trái*.

vêənich „wenig" ahd. *wênag, weinag*.

séəl „Seele" ahd. *séla*, got. *sáivala*.

éərich „ewig" ahd. *êwig* von got. *áivs* „Zeit".

zéər „Zehe" mit anderm Spiranten als ahd. *zêha* und nhd. *Zehe*. *éərśt* „vorhin" ist adverbial geworden; *dr êərśt* „zuerst" zeigt vielleicht einen ähnlichen Gebrauch wie lat. *primus* in *primus hoc feci* u. ä. Es entspricht ahd. *êrist*, das zu got. *áir* gehört. Dieses letzte Wort liegt vor in sg. *rannêə(r)?*, sg. st. *vënnê?* „wann?", das dem agls. *hwanne œr*, mekl. *wennir* genau entspricht. Die Volkssprache hat die Bestandteile dieses Compositums aber nicht mehr erkannt, es ist deshalb eine Entstellung des Wortes in *viméə* (Eisern) möglich, als ob dasselbe aus *vi* „wie" und *méə* „mehr" bestünde; vgl. noch urk. *wannce* (268). Der Comparativ von got. *áir* lautet sg. *êjr* „eher", verstärkt *éjŋdr*. Das hier im ganzen Siegerland feste *é* zeigt uns gegenüber dem *êə* von *êərśt* und der Doppelform von *vënnê*, *rannêə*, dass das Vorkommen von *ê* und *êə* nicht an Regeln gebunden ist, sondern *ai* willkürlich bald durch *ê*, bald durch *êə* vertreten erscheint.

In Eisern und im Osten haben wir noch *êə*, während sonst, besonders in der Stadt, das *ə* schon geschwunden ist, in folgenden Beispielen:

réə „Reh", sg. st. *ré*, ahd. *rêh*.

vêə „weh", sg. st. *vé*, ahd. *wê*, got. *vái*. Das Adj. ist im Sg. substantivirt und bedeutet „Wunde", das Diminutiv *véəlchə* hat den Dental der flectirten Neutralform bewahrt. (s. pg. 6).

glṫ „Klee" abd. *chlêo.*

mêᵊ „mehr" ahd. *mêro,* got. *máiza,* daneben eine Neubildung *mêᵊnr.*

hêᵊr „fein", „zart", auch „schmächtig", ahd. *hêr.* Davon *hêᵊr- brôᵊt, hêᵊbrôᵊt* „Weissbrot" im Gegensatz zu *grôᵊfbrôᵊt* „Roggenbrot". vgl. Heinz. pg. 36. Corrbl. des Vereins für nd. Sprf. 1888. pg. 41.

Endlich ist die Entwicklung auch in Eisern bis zum *ê* vorgeschritten in

snê „Schnee" ahd. *snêo,* got. *snáivs.*

sê „See" ahd. *sêo,* got. *sáivs.*

Wie im Mhd. wird auch im Sg. *ê* zuweilen gekürzt. (Wein- hold, mhd. Gr. [1] § 64). Der kurze Vocal hat jedoch nicht die Constanz, welche dem *ê* eigen war, wir haben daher nicht nur Kürzung zu *ę* sondern auch Uebertritt desselben zum *ë.* So in *ëᵊrs* „Erz" ahd. *êrizzi,* das wohl auf got. *áis* zurückgeht. *lëᵊrchᵊ* „Lerche" mhd. *lérche,* ahd. *lérahha.* Daneben kommt vor *lëᵊrkᵊ,* das wohl md. Gemeinform ist. (Kluge [4] 210). vgl. *leeuwerik,* agls. *luwerce, láwerce.*

Vor allen andern Consonanten als den oben angeführten blieb germ. *ai* im Hd. im Wesentlichen unversehrt erhalten. Die Aussprache des Diphthongen hat sich, wie die Schreibung der Denkmäler beweist, seit Ende des 8. Jahrhunderts aller- dings verengt. (Weinhold, mhd. Gr. [1] § 92; kl. mhd. Gr. [2] § 44. Behaghel P. G. ɪ, 3, pg. 567). Vom 13. Jahrhundert aber wird, nach der schriftsprachlichen Darstellung zu schliessen, die Aus- sprache des Diphthongen wieder offener.

Das Nd. monophthongirt *ai* auch hier überall, doch haben in neuerer Zeit viele Mundarten, z. B. das Westfälische, wieder Diphthongirung neuerdings eintreten lassen. Besser als das Nd. selbst hat hier wieder das Rip. *ê* bewahrt und weist es noch heute auf. Eine andre Monophthongirung hat oft das Hessische: das *i* geht völlig in dem *a* auf, so dass sich ein *â* für *ai* ergibt.

Das Sg. geht hier nicht, wie man erwarten sollte, mit dem Rip., dessen *ê* sich nur im westlichen Siegerland (Freudenberg) findet, sondern hat fast überall mit den meisten andern hd.

Mundarten den Diphthong bewahrt. Einige Abweichungen werden unten besonders behandelt werden..

Beispiele:

lait „leid" ahd. *leid.*

garait „zur hand", „fertig" (Heinz. 37), hess. *gereite* (Vilm. 230), mhd. *gereite, gereit,* got. *garáips.*

vaiz „Weizen", schweiz. hess. thür. schwäb. *weissen,* mhd. *weize,* ahd. *weizi;* vgl. schriftsprachl. *Weissbrot, Weissbier.* Dem nhd. *Weizen* entspricht mhd. *weitze,* ahd. *weizzi,* got. *hváiteis.* Kluge ¹ 38.

gaisl „Peitsche" ahd. *geisala.* Kluge ¹ 108.

laif „Laib" (Brot) ahd. *leip,* got. *hláifs.*

zaicha „Zeichen" ahd. *zeihhan,* got. *táikns.* as. *tëkan.*

aicha „Eiche" ahd. *eih.*

faimln „schmeicheln", auch westf. bekannt (Heinz. 37) und schon von Schütz (I, 26) zu ahd. *feim* und nhd. *abgefeimt* gestellt. Schade ² I, 175.

hail „heil" ahd. *heil,* got. *háils.*

Aus *agi* ist *ai* hervorgegangen in *aistrlich,* einer verstärkten Bildung zu mhd. *eislih,* ahd. *egislih,* die wie nhd. *schrecklich, furchtbar* zur Bezeichnung eines hohen Grades dient. Zu grunde liegt ahd. *aki,* got. *agis* „Schrecken". Dazu gehört wohl auch das begrifflich nicht fern liegende sg. *aisëall,* das die grösste Kuhglocke einer Herde bezeichnet.

In Freudenberg haben wir, wie bereits oben erwähnt, in allen diesen Fällen das volle rip. *ê: brêt, lêt, mêst, garêt* u. s. f.

Eine besondre Behandlung erfordert *ai* vor dem dentalen Nasal, der ja in einigen Fällen (*zvëa, vëanich* s. o.) schon früh vorausgehendes *ai* monophthongirt hatte. Im Sg. bewirkt nämlich das *n* auch später eine besondre Behandlung das *ai* nach den verschiedensten Richtungen. Zum Teil ergeben sich dabei Unterscheidungen für die einzelnen Unterdialekte. Zunächst bewirkt auslautendes *n* nach *ai* eine sehr mannigfache Entwicklung. Während die frdbg. Mundart auch hier in rip. Weise schon früh *ê* entwickelt und dasselbe zuweilen sogar weiter zu *i* verengt hat, tritt auf andern Gebieten erst neuerdings die Neigung zur Monophthongirung auf. Diese führt im östlichen Gebiet zu *ảẻ*, das auch der Ferndorfer Dialekt hat, während wir in Siegen Stadt sowie in Eisern vielleicht als Vorstufe dieses *ảẻ* ein *ảí* haben, das an das nass-lless. *ả* erinnert. Durch verschiedene Behandlung des auslautenden *n* erhalten wir demnach folgende Typen: frdbg. *glẻ* (Schelden *glí*), sg. st. *gláin* (Eisern *glái*), fdf. *gláẻв*, ostsg. *gláẻ* „klein“.

Hierher gehören noch

llái „allein“, sg. st. *alláin*, mhd. *alein(e)*.

rái „rein“ ahd. *reini*, got. *hráins* sg. gleichlautend mit *rái* „Rain“ mhd. ahd. *rein*, nd. *reen*. cf. Heinz. pg. 37.

Tritt *n* durch die Flexion in den Inlaut, so erhalten wir frdbg. *glênr* (*glinr*), sg. st. *gláinr* (Eisern *gláir*), fdf. *glainr*, ostsg. *gláênr*.

Stärker noch war, wie es scheint, die Neigung zur Monophthongirung von *ai* vor inlautendem *n*, das ja viel beständiger war als das auslautende. Wir finden hier wenigstens das *ảẻ* auch im Dialekt von Eisern:

mảẻn (sg. st. *mái̇n*) „meinen“ ahd. *meinan*.

hảẻ „Hain“, der Spezialausdruck für den sg. Hauberg, mhd. *hain*, aus *hagen* hervorgegangen. Das Wort erscheint auch im Ortsnamen *Hảẻnchэ*, das als Sitz eines alten Adelsgeschlechts häufig in den Urkunden erscheint: *Hagen* (65, 77), *Hane* (130, 131), *Haen*, *Heyn* etc.

Jedenfalls durch falsche Analogie nach *n* bewirkte auch *m* in Eisern meistens Monophthongirung des *ai* zu *ảẻ*: *lảẻmэ* „Lehm“ (sg. st. *lảimэ*) entspricht genau mhd. ahd. *leim*; westf. *laimen* (Heinz. 37).

hảẻm „Heim“, „Heimat“, *nảô hảẻm* „heim“, „nach Hause“. mhd. ahd. *heim*, got. *háims* „Dorf“.

ảẻmich, gebraucht von einer Wunde, die sich entzünden will, enthält wohl denselben Stamm wie ahd. *eitar* und mhd. ahd. *eiz* „Eiter“ (Kluge⁴ 68; Schade² I, 130), und der ist wohl auch vorliegend in mhd. ahd. *eit* „ignis“, kelt. *aedh*, lat. *aestas*, *aestus*, gr. *αἴϑω* (Schade² I, 130). Am nächsten steht dem sg. Worte an. *eimr*, *eimi* „Rauch“. ahd. *eimurja*, mhd. *eimer* „glühende Asche“, nhd. dial. *Ammer*. Schade² I, 127.

Interessant ist die Behandlung des Zahlworts *ein*. Wäh-

rend das Sg. St. *ñin* für alle drei Geschlechter aus der Schriftsprache sich angeeignet hat, haben die ländlichen Mundarten die
alten geschlechtigen Formen streng lautlich behandelt. So
ergibt sich in Eisern als stark flectirte Form masc. *ãɔr*, (con-
trah. aus *ãɛnr*), fem. *ãɛ̈*. neutr. *ãi*. Als absolutes Zahlwort
wurde nicht. wie in der Schriftsprache, das Neutrum in Gebrauch genommen. sondern wie auch bei *zvò*, *zvóɔ* das Femi-
ninium. Ueber den unbestimmten Artikel und seine enclit. Form
s. u. Die Zusammensetzungen mit dem Zahlwort *ein* als erstem
Bestandteil weisen meist volles *ai* auf: *aifalt* „einfältiger
Mensch‘, abstr. pro concr., *aifällich* „einfältig“ zu ahd. *ein-
falt* und *einfaltig*; *aidò* „einerlei“, eigentl. „ein Tun“, eine
ähnliche Bildung hat das Alem. (Heinz. pg. 56), davon *ai-
dônrrich* „gleichgültig“ ; *aimr* „einfarbig“, „gleichartigen Aus-
sehens“ (bes. von einfarbig grauen Regenwolken), dann auch
„gleichartig“ überhaupt, mhd. *einvar*. Schade[2] I. 128. Nur in
ãemr „Eimer“ haben wir in Eisern gegenüber sg. st. *ãimr*.
ahd. *einbar*, Monophthongirung (s. o.).

gɔmãe bedeutet „gemein“, „leutselig“ ahd. *gimeini*, als
Subst. „Gemeinde“, *gɔmãi* bedeutet „gemein“, „niedrig“ und ist
wohl hd. Lehnwort.

Besonders stark war der Trieb zur Monophthongirung in
der Partikel *nein*, wo der Diphthong nirgends erhalten ist.
Während das Frdbg. das rip. *nê* aufweist, das es jedoch nicht
selten zu *nöe* verdumpft, zeigen die Dialekte von Stadt Siegen
und Ferndorf *nãe*. Im Osten, auch in Eisern, gilt das hess.-
nass. *nã*, in Eiserfeld ein zwischen *nãe* und *nâ* stehendes *nã̂*.
Obwohl also im Sg. nirgends ein Diphthong erscheint, liegt
doch nicht das agls. *nâ*, got. *nê*, sondern ahd. *nein*, as. *nên*,
die zusammengesetzte Form, zu grunde. Die sg. gewöhnlich
gebrauchte Form der Negation *ɥnãe*, *ɥnã* ist nicht, wie Heinz.
pg. 50 unter Berufung auf das von Kehrein (208) citirte *inu* annimmt, ein Praefix zum Besinnen und Ueberlegen, sondern lediglich die proklitische mhd. Form der Negation *en*. (Weinhold, mhd. Gr. [1] §§ 197, 476). Eine Parallele zu dieser Anwendung des *en* haben wir in dem mhd. *enwiht* für *niwiht*,
welches Wort heute im Sg. zu *ẽnvich* verstümmelt ist. Wie
die Form verkümmerte auch die Bedeutung. Ursprünglich nur.
auch heute noch vorzugsweise in negativen Sätzen gebraucht

wo es etwa „durchaus nicht" bedeutete, kommt es heute auch
in affirmativen Sätzen vor und hat den Sinn „so wie so",
negativ „überhaupt nicht", „doch nicht". Diese Function
zeigt zwar immer noch etwas von der urspr. verstärkenden
Bedeutung des Wortes, doch ist der Begriff der Negation
vollständig abhanden gekommen. Das geschah auch bei dem
ŋ von *ŋnâ*. Man konnte daher dieses scheinbare Praefix *ŋ*,
dessen Bedeutung man nicht mehr kannte, auch vor die
Affirmationspartikel *jaō* setzen, und hierbei mag wohl das von
Heinz, hervorgehobene psychologische Motiv des Besinnens und
Ueberlegens mitgewirkt haben. So sagt man auch *ŋjaō*, dagegen immer nur *bəjaōzə* „bejahen".

Vor *s* (*z*) haben wir in Eisern oft neue Monophthongirung des
ai zu ae oder â.
Beispiele für *ae* sind:
glaēs „Geleise" mhd. *geleise*, ahd. *leisa*.
maēschə „Meise" zu ahd. *meisa*. Hz. Wb. 31.
â haben wir in
âs, daneben (sg. st.) *ais*, „einig", ursprüngl. neutr. des Zahlworts
ein, genau so gebraucht wie nhd. *eins*.
snâs „durch den Wald gehauener Weg", vgl. hess. *schneise*
(Vilm. 361), das auch in der Eifel vorkommt. Die Bedeutung passt zu mhd. *sneite*, ahd. *sneila*, während mhd. *sneise*
„Schnur" bedeutet. Schade[2] II, 837; Kluge[4] 312.
yâz „Geiss" mhd. ahd. *geiz*, got. *gáits*.

Wie in ahd. Zeit ursprüngliches *r* und *w* Monophthongirung
von vorhergehendem *ai* bewirkten, so haben im Sg. auch das
aus *đ* neuerdings gebildete *r* und das aus *b* hervorgegangene
neue *v* vorausgehendes *ai* zu monophthongiren begonnen. Der
entstehende Monophthong ist *â*, und er kann uns beweisen,
dass auch das jetzt als alte Monophthongirung von *ai* erschei-
nende *ê* ursprünglich diesen offenen dem *â* nahestehenden Lautwert hatte, wie wir es oben schon annahmen. Auch hier
finden wir das *â* nur in Eisern und Umgegend, sonst ist *ai*
resp. *âi* noch erhalten.
ârŋ „Schwiegersohn" ahd. *eidum*, agls. *âðum* gehört offenbar
zum selben Stamme wie ahd. *eidi*, got. *áipei* „Mutter".

vǻ „Weide" ahd. *weida.*

šbrǻ „Tuch zum Ausspreiten" zu *šbrärɔ* ahd. *spreitan.* Lautlich entspricht mhd. *spreite* „Buschwerk". Schade [2] II, 856.

hǻ „Heidekraut" wie ahd. *heida* aus got. *haiþei.*

lǻrɔ „leiten" ahd. *leiten.*

blǻvɔ „übrig lassen" (vom Essen und Trinken) entspricht got. trans. *bilâibjan,* ngls. *lœfan.* Es enthält die Gunastufe zum intrans. *blîvɔ,* got. *bileiban.*

sǻrᶉ „Geifer", *sǻrn* „geifern" von kleinen Kindern, tirol. *sâfer,* nnd. *sêwer* zu ahd. *seivar.* cf. Schade [2] II, 750. Heinz. 63. Vilm. 335, 380.

Im Dialekt der Stadt ist uns vielleicht eine letzte Spur der im Ahd. eingetretenen Verengung des *ai* zu *ei* erhalten, und zwar geschieht das im Inlaut vor Vocal und im Auslaut. Dass gerade hier das verengte *ai* grössere Constanz zeigte, ist in den Verhältnissen der Schriftsprache begründet. Wie hier das diphthongirte *î* mit dem ursp. *ai* zusammengefallen ist, so hat man im Dialekt der Stadt das vor Vocal und im Auslaut ziemlich seltene germ. *ai* an jenen weit häufigern Halbdiphthong *ẽį* angeglichen, der das *i* in dieser Stellung vertritt. So konnte sich, gestützt auf jenes für *i* stehende *ëį,* die Verengung des germ. *ai* hier halten. Wundern darf es uns nun auch nicht, wenn wir diesen Verengungslaut *ëį* für *ai* auch vor urspr. *g* antreffen, das ja im Sg. zu *j* erweicht wurde.

Die Mundart von Eisern hat auch im Inlaut vor Vocal und im Auslaut das volle hd. *ai* resp. *âi.*

Wir haben also:

eis. *âi,* sg. st. *ëį,* „Ei" ahd. *ei,* Plur. eis. *aiᵣ,* sg. st. *ëįᵣ.*

eis. *Mai,* sg. st. *Mëį,* der Monatsname, ahd. *meio.*

lai, sg. st. *lëį,* als einfaches Wort nur noch in Bergnamen üblich, mhd. *lei,* as. *leia.* Davon eis. *laiɔdäckᵣ* „Schieferdecker". Schmidt 102.

eis. *fâi,* sg. st. *fëį,* „dem Tode nahe" wie ahd. *feigi.* Heinz. 38. Schade [2] I, 174.

râiᵣ „Reiher", sg. st. *rëįᵣ,* mhd. *reiger.*

eis. *zâiɔ,* sg. st. *zëįɔ,* „zeigen" ahd. *zeigón.*

eis. *aịṇtlich,* sg. st. *ëįṇtlich,* „eigentlich" mhd. *eigenlich.*

Das germ. au.

Die Entwicklung des germ. *au* geht im Allgemeinen der des *ai* parallel, doch zeigen sich im Einzelnen manche Abweichungen.

Das Nd. monophthongirt *au* wie *ai* regelmässig. Contractionsvocal ist zunächst offenes langes *o*, wie die im As. dafür vorkommende Schreibung *a* beweist. (Beh. in P. G. ı, 3, pg. 567.) Im Hd. geht die Monophthongirung des *au* weiter als die des *ai*. Ohd. vollzog man dieselbe vor *h* sowie vor dentalen Consonanten vom 8. Jahrhundert an. (Weinh., mhd. Gr.¹ § 75; kl. mhd. Gr.² §§ 10, 45.) Noch viel verbreiteter ist die Contraction des *au* im Md., wo sie sich sehr häufig auch vor Labialen und Gutturalen einstellt (Weinhold, mhd. Gr.¹ § 78). Indessen gilt diese weitgehende Monophthongirung nur für die Vulgärsprache.

Die sg. Mundart geht in diesem Punkt nicht so weit wie die ostmd. Dialekte. Im Sg. hat die Monophthongirung des *au* nur die Verbreitung, welche wir im Ohd. vorfanden, tritt also nur vor *h* und dentalen Consonanten ein. Auch dann hat sie nur sehr selten Zusammenfallen des Contractionsvocals mit dem germ. *ó* bewirkt: gewöhnlich ergiebt sich als Resultat der Contraction nicht *ó*, sondern entsprechend dem *ẹɔ* für *ai* ein *óɔ*. Dieses *óɔ* ist aber viel verbreiteter als jenes *ẹɔ* und auch in der Mundart der Stadt der gewöhnliche Vertreter des monophthongirten *au*. *ó* findet sich in der Stadt nur vor *h* (*ch*), in Eisern überhaupt nicht. Auch hier sehn wir in dem *ɔ* eine letzte Spur der ehemals offenem Aussprache des *o*-Lautes. Eben ein solcher nachschlagender Stimmvocal wird ja vor *r* auch in der nhd. Bühnensprache gehört. cf. Heinz. pg. 38.

Beispiele:

flóɔ, sg. st. *fló*, ndl. *vloo*.

hóɔj „hoch“, mit Erweichung von *ch* zu *j*, sg. st. *hóχ*, ahd. *hóh*, got. *háuhs*.

fróɔ, sg. st. *fró*, „froh“ ahd. *fró*. Kluge⁴ 96.

róɔ, sg. st. *ró*, „roh“ mhd. ahd. *ró*. (flect. *rówẹr*).

lóɔ „Lohe“ mhd. *ló* lautet sg. st. *ló*, dagegen haben wir für *lóɔ* „Lohn“ ahd. *lón*, got. *láun* auch in der Stadt *lóɔ*.

Ueberall haben wir *òə* in
òər „Ohr" ahd. *ôra*, got. *áusô*.
hòərdə „hörte", Praet. zu *hèərn*, ahd. *hòrta*, got. *háusida*.
dòət „tot" ahd. *tôt*, got. *dáuþs*.
bròət „Brot" ahd. *brôt*, an. *brauð*.
śdòəzə „stossen" ahd. *stôzan*, got. *stáutan*.
gròəz „gross" ahd. *gròz*.
dròəst „Trost" ahd. *tròst*, got. *tráust* „Vertrag".
gnòəz „kleiner, unansehnlicher Mensch" (Heinz. 38), in derselben
Bedeutung mit -*iz*-Suffix *gnèəzr*. Wegen der Bedeutung vergl.
das nhd. burschikose *Knoten*, das auch stammverwandt ist,
aber schwächere Vocalstufe hat. Diese hat auch nhd. *knotze*
„Knorre".
qòədjrn „unverständlich reden", vom Sprechen kleiner Kinder
gebr., ist ein sehr interessantes Wort. Es direkt zu nhd.
*kauder in *kauderwelsch* zu stellen, das bisher nicht erklärt
ist (Kluge⁴ 163), geht nicht an; stände hier urspr. *au*, so
hätte es vor dem Dental monophthongirt werden müssen.
Dieses **kauder* geht wohl auf ein mhd. *kûter* zurück (Heinz.
125), das auf dem Westerwald noch lebt (Schmidt 97). Da
gegen muss das sg. *qòədjrn* germ. *au* enthalten. Wie wir nun in
nhd. *schwatzen* eine Umstellung von *sau*- zu *sva*- annahmen,
so wird in diesem *kaut*- Metathesis von *krat*- vorliegen.
Dieses *krat*- lebt aber noch in nhd. mundartl. *quatschen* und
quasseln, die Intensitivbildungen dieses Stammes sind. Die
Tiefstufe zu *kaut*- haben wir in nhd. *kiuten* „schwatzen"
(Praet. *kûte*). cf. Schade² I, 493. Tiefste Stufe zum Stamm
krat- liegt endlich vielleicht vor in got. *qiþan*, doch erregt
hier der Consonantismus Bedenken. vgl. Schade² II, 691.

Zu dem monophthongirten *au* traten einige lat. Lehnwörter,
die in vulgärer Aussprache *ò* resp. *aö* hatten:
ròəs „Rose" ahd. *rôsa*, ndl. *roos*. Kluge⁴ 283.
śòəl „Schule" könnte wohl agls. *scôl*, ndl. *school* entsprechen,
nicht aber mbd. *schuole*, ahd. *scuola*. Im Hd. ging lat. *schola*
lautgesetzlich zum germ. *ô*, da ja ein aus *au* monophthongirtes
ò resp. *aö* hier vor *l* nicht vorkam, obwohl dieser offene
Laut dem Vocal des vulgärlat. *schola* besser entsprochen
haben würde. Anders war es im Nd. Hier war germ. *au*
vor allen Lauten, also auch vor *l*, contrahirt worden, hier

hatte daher das lat. Lehnwort die Wahl, ob es in die Zahl
der urspr. ô, die geschlossene Aussprache hatten, oder in die
Reihen der Contractions-ô, die damals noch offen gesprochen
wurden, eintreten wollte. Natürlich wandte es sich zu den
letztern, da deren Lautwert dem eigenen am nächsten
kam. Das beweist uns jetzt noch das westf. *sχaule* „Schule",
welches die nachträgliche Rückdiphthongirung des germ. *au*
aufweist. Die nd. Form des lat. Lehnworts machte sich
auch das Sg. zu eigen und wandelte das übernommene
*saôl in seiner Weise zu *sôʋl*.
Sehr früh muss sg. *glôʋstr* „Kloster", ahd. *klôster* aus mlat.
claustrum entlehnt sein. (Kluge [4] 176). Die Entlehnung muss
vor der westgerm. Monophthongirung des *au* vor Dentalen und
h, w stattgefunden haben.

Dem Umlaut widerstand das aus germ. *au* entwickelte *ô*
besonders im Md. ziemlich lange. (Weinhold. mhd. Gr. [1] §§ 82.
81). Spuren desselben zeigen aber doch schon die sg. Urkunden,
wenn wir dort *o̊* oder *oe* geschrieben finden (266, 288). Dagegen sind die Schreibungen *oy* und *oi* (81, 261) wohl nur nd.
Längenbezeichnungen. (Behaghel, P. G. I, 3, 565). Findet sich
doch auch sonst *ô* in unumgelauteter Form viel häufiger als
umgelautetes. Wir haben *hôren* in sg. Uk. 123, 153, 167, 188, 235,
242; vgl. ferner auch 248, 261, 263, 130, 132, 137, 140, 147 etc.
Für den gemhd. Umlautvocal *oe* haben wir im Siegerland,
abgesehen von Freudenberg und Ferndorf. als Umlaut von *ô ʋ*
ein *ê ʋ* wie von *ô* ein *ê*:
hê ʋ, sg. st. *hê*, nur in der concr. Bedeutung „Anhöhe", für das
abstr. „Höhe" mhd. *hoche*, ahd. *hôhî*, got. *háuhei* erhalten wir
sg. die Neubildung *hê ʋjdʋ* resp. *hêjdʋ*. (s. die Suffixe).
sdrê ʋ, sg. st. *sdrê*, „Stroh" ahd. *strô*.
Auch in der Stadt haben wir *ê ʋ* in
hê ʋrn „hören" mhd. *hoeren*, ahd. *hôrjan*, got. *háusjan*.
rê ʋr „Röhre" mhd. *roere*, ahd. *rôra* mit *j*-Suffix von got. *ráus*.
rê ʋtlich „rötlich" von *rô ʋt* ahd. *rôt*, got. *ráups*.
nê ʋrich „nötig" zu *nô ʋt* ahd. *nôt*, got. *náups*.
blê ʋ „blöde" ahd. *blôdi*, an. *blauþr*, vgl. got. *bláuþjan*. Kluge[4] 35.
lê ʋsʋ „lösen" mhd. *loesen*, ahd. *lôsen*, got. *láusjan*.

glʼəʒ „Kloss" abd. *chlôz*, engl. *cleat*, mit auffallendem Umlaut.
Tiefstufe dazu zeigt ag. *gluddə* aus **klûte* „Klumpen". meist
in obscönem Sinn gebraucht, wozu Heinz. (125 f.) das westf.
sächs. *klûte* beibringt. cf. Vilm 209 f.
bɛ̓əuchə „Böhnchen", dimin. zu *bô̓ə* ahd. *bôna*, an. *baun*.
šɛ̓ə „schön" mhd. *schoene*, ahd. *scôni*; cf. got. (*ibna*)*skáuns* „gleich-
gestaltet". Kluge [4] 314.

Eine Verengung des contrahirten *ò* über das urspr. *ô* hinaus
begegnet uns im Dialekt von Freudenberg. Wir erhalten hier
langen *u*-Laut, doch auch mit jenem nachschlagenden *ə*, das
wir auch bei *ô* fanden. Eine Verdumpfung von *ô* zu *au* zeigt
schon in mhd. Zeit der Kölnische Dialekt (Weinhold, mhd. Gr. [1]
§§ 88, 126). Auch die fdf. Mundart hat dieses *ûə*. Sein Umlaut ist *üə*, das ja in diesen Gegenden sehr wohl möglich ist.

Wir haben also hier: *nûət, brûət, drûəst, ûər, bûə*; umgelautet: *hüərn, rüətlich, nüərich, šüə* u. s. f.

Die Entwicklung des im Ahd. nicht zu *ô* contrahirten *au*
geht im Ganzen der des *ai* völlig parallel. Es verengt sich
auch *au* in ahd. Zeit zu *ou*, das etwa vom 9. bis 13. Jahrhundert vorherrscht. Dann gewinnt das *au* wieder an Boden.

Das Nd. monophthongirt auch *au* in allen Stellungen.
Doch ist in neuster Zeit wie beim *ai* so auch beim *au* eine
neue Diphthongirung zu verzeichnen, die freilich auch alte
germ. *ô* mit sich riss, so dass im Westf. z. B. falsche Bildungen
wie *χraul, daut* u. ä. vorkommen. (Weinhold. mhd. Gr. [1] §§ 96,
98; kl. mhd. Gr. [2] § 45. Behaghel P. G. I, 3. 568).

Die sg. Urkunden haben in erdrückender Ueberzahl den
Diphthong, der als *au, aü, ou, oü*, ausserdem (vor Vocal) als
auw, aüw, ouw, aw, ow in der schriftsprachlichen Darstellung
erscheint. Aber auch der Monophthong fehlt nicht; wir haben
vroen 130, 131, 132, 137, 140, 147; *verkoft* 130, 137, 140; *cofis*
130. Auffälliger Weise steht dieses *ô* gerade in Urkunden von
der Ostgrenze des Siegerlands, die ihren durchaus hd. Charakter
dadurch beweisen, dass sie z. B. kaum auch nur Spuren der nd.
diphthongischen Schreibung für langen Vocal zeigen. Hier

kann also nicht die nd.-rip. allgemeine Monophthongirung, hier muss die im östl. Md. vorkommende und hier noch heute geltende neue Contraction von *au* zu *ô* zu grunde liegen, (cf. Weinhold. mhd. Gr. [1] § 78), die sonst nur der Vulgärsprache zukommt. In manchen Urkunden stehn beide Schreibungen nebeneinander, so in 267 *verkoft, vrouwen, koufe, ouch, frauwe*, in 193 *verkoft* und *frowe*.

Heute ist wie das monophthongirte so auch das Diphthong gebliebene *au* in der Entwicklung hinter dem *ai* zurückgeblieben. Während wir beim *ai* den reducirten Diphthong *ëi* nur in der Stellung vor Vocal und im Auslaut durch besondre Umstände festgehalten sahen, ist das aus *au* verengte *ǫu* noch ungleich häufiger. Ja im Dialekt der Stadt ist der reducirte Diphthong *ǫu* der reguläre Vertreter des germ. *au*. Vor Vocal und im Auslaut wurde das *u* spirantisch, und erfolgt deshalb in dieser Stellung völliger Zusammenfall des *au* mit dem hier dem Diphthong zustrebenden germ. *ô*.

In Eisern und dem ganzen östl. Gebiet des Siegerlands erhalten wir nun für dieses sg. st. *ǫu* in Anlehnung an die östl. Nachbardialekte volles *au*. Auf der andern Seite hat der Dialekt von Freudenberg das unversehrte rip. nd *ô*, und zwischen diesem *ô* und dem sg. st. *ǫu* vermittelt das fdf *ôu*. Heinz. pg. 39.

So bildet die mannigfaltige Entwicklung des germ. *au* im Sg. eine Stufenleiter, welche von dem nd. *ô* hinführt zu dem vollen hd. Diphthong *au*. Bei keinem Laut zeigt sich also der vermittelnde Charakter des sg. Dialekts so schön wie gerade beim *au*.

Demnach erhalten wir von got. *hláupan*, ahd. *loufan* die vier Typen: frdbg. *lôfǝ*. fdf. *lôufǝ*, sg. st. *lǫufǝ*. eis. *laufǝ*.

Weitere Beispiele sind

lauf „Laub" ahd. *loub*, got. *láufs*.

dauf „taub" ahd. *toup*, got. *dáufs*.

glauwǝ „glauben" ahd. *giloubén*.

sdauf m. ist ein sehr seltenes und interessantes Wort. Es kommt nur noch vor in der Zusammensetzung *doffǝ́nsdauf*, welche ein Gericht Kartoffeln bezeichnet, das der Landmann nach beendeter Kartoffelernte als besondre Gabe seinen Arbeitern vorzusetzen durch altes Herkommen verpflichtet ist. Es ist wohl dasselbe Wort wie mhd. ahd. *stouf* „Becher", eigtl.

wohl „Ehrenbecher, den man jemand spendet". Dazu stimmt
agls. *steáp*, an. *staup*, ndl. *stoop*, auch agls. *stéÿan* „angesehen
machen", „ehren", „begaben" (Schade² II, 876). Der Bedeutung
nach steht am nächsten das im Ahd. einmal in ostfrk. R. A. 298
überlieferte *ôsterstuopha* „Ostersteuer", wo mit Schade (²II, 888)
wohl unbedingt *ôsterstoupha* zu schreiben ist. Die Grundbedeutung des Wortes ist wohl „Ehrengabe".

γauf „Schelm", „Narr" mit Labial, während ahd. *gouh* Guttural
hat; vgl. nhd. *Lauch* und sg. [*bês*]*lauf* (s. *luχe* pg. 76).

rauχ „Rauch" ahd. *rouh*, as. *rôk*.

baum „Baum" ahd. *boum*.

saum „Saum" ahd. *soum*.

nau „genau", „sparsam", westerw. *nâ*, mhd. *nou*, *nouwe*: vgl.
das ahd. adv. *nauwigo*, Schade ² I, 660.

frau „Frau" mhd. *vrouwe*, ahd. *frouwa*.

śdrau „Streu", ohne Umlaut; vgl. mhd. *ströu* aus got. *stráujan*.

hauȝ „hauen", westf. *haugen*, *hoggen*, ahd. *houwan*.

frdauȝ „verdauen" ahd. *douwen*.

Vor urspr. *g*, das hinter dem *u* velar wird (*ȝ*), steht sg. st.
auch *ou*, dagegen eis. *âu*:

eis. *âu* „Auge" sg. st. *ou̯*, ahd. *ouga*, got. *áugô*, plur. *âuȝȝ*.

eis. *lâu*, sg. st. *lou̯*, „Lauge" ahd. *louga*, an. *laug* „warmes Bad".

Auch das germ. *au* verfiel der Umlautung durch ein *i* oder
j des Suffixes. Indessen drang dieser Umlaut nicht vollständig
durch. In mhd. Zeit blieben im Obd. wie im Md. eine ganze
Anzahl Wörter ohne Umlaut, und erst später dehnte sich derselbe weiter aus. Aber auch die nhd. Schriftsprache hat ihn
noch nicht völlig durchgeführt. Weinhold, mhd. Gr.¹ §§ 101,
102; kl. mhd. Gr² § 46.

Als Umlautvocal erhalten wir für das gemhd. *öu*, *äu* im
Sg. verschiedene Laute, die den unumgelauteten Diphthongen
entsprechen. Es ergibt sich also für das frdbg. *ȯ* als Umlaut
ȯ̈, für das fdf. *ȯu* aber *ȯ̈i*. Der Dialekt der Stadt duldet ein
ȯ̈u nicht und lässt dafür *ai* eintreten, das genau dem germ. *ai*
entspricht und auch, wie dieses, gern in *âi* übergeht. *ai* für
äu hat natürlich auch die Mundart von Eisern mit den östlichen
Gebieten.

Wir erhalten demnach als 3. Pers. Sing. Ind. Praes. von *laufə* in den verschiedenen Gebieten: frdbg. *löft*, fdf. *löift*, sg. st. *láift*, eis. *laift*.

Sonst nennen wir

haifchə „Häuflein", dimin. zu *hauf* ahd. *houf*.

laikļn „leugnen", Intensitivbildung zu ahd. *longinen*, got. *láugnjan*.

raichŗn „räuchern" von *rauχ* ahd. *rouh*.

láib „Söller", „Boden", ein specifisch städt. Wort, ist umgelautet aus ahd. *loube* „Halle", „Galerie um das oberste Stockwerk eines Hauses". Dem sg. st. *láib* steht am nächsten md. *löube* (Kluge⁴ 201); vgl. noch ndl. *löve*, an. *lopt* „Balkon", engl. *loft*. (Auf dem Land steht für *láib* *oļļŗn* s. pg. 48).

Vollständigen Zusammenfall dieses Umlaut-*ai* mit dem germ. *ai* beweist der Umstand, dass auch das Umlaut-*ai* im Dialekt von Eisern vor *m* in *aē*, vor *r* (ð) und *v* (*b*) in *ä* contrahirt wird. Sg. st. steht hier immer *ái*.

Wir haben:

eis. *báemchə*, sg. st. *báimche*, dimin. zu eis. *baum*, sg. st. *boum*.

eis. *draēmə*, sg. st. *dráimə*, von *draum* resp. *droum*.

eis. *frä̂*, sg. st. *frái*, „Freude" mhd. *vröude*, ahd. *frauwida*.

eis. *hä̂*, sg. st. *háit*, „Kohlkopf", davon *hárəsaláot* „Salat von Weisskohl", wurde schon von Heinz. pg. 69 als Umlaut von mhd. *haupt*, ahd. *houbit* erkannt. Das Wort kommt auch sonst nhd. dial. fast nur in der Bedeutung „Kohlkopf" vor. (Kluge⁴ 133); vgl. hess. *heid* (Vilm. 154). Zu nennen ist ferner ein urk. *heubet* (248), das dem Lutherischen *Heupt* aus mhd. *höubet* entspricht; vgl. nhd. *zu Häupten*.

Dass in diesen letztgenannten Wörtern *au* resp. sein Umlaut *ai* vor Dental vorkommt, erklärt sich aus dem ausgefallenen Labial; urspr. vor Dental stehend hätte ja *au* monophthongirt werden müssen.

Auch die Behandlung des Umlaut-*ai* in Siegen-Stadt ist ein Beweis für die völlige Gleichsetzung desselben mit dem germ. *ai*. Hier ergibt sich nämlich vor Vocal, im Auslaut und

vor zu *j* erweichtem *g* Verengnng des *ai* zu *ë̃* resp. *ë̃į*. In
Eisern haben wir auch hier immer *ai* resp. *aį*.
eis. *hui*, sg. st. *hëį*, „Hen" mhd. *höu, hou,* ahd. *houwi*, got. *hawi*.
Es gehört zu ahd. *houwan.*
šdraįə, sg. st. *šdrëįə,* „streuen" ahd. *strouwen,* got. *stráujan*. Davon eis. *šdraisį,* sg. st. *šdrëįsį*. „Material zum Streuen".
eis. *draįə,* sg. st. *drëįə,* „drohen", eigtl. = *dräuen* ahd. *drouwen.*
eis. *áįchə,* sg. st. *ë̃įchə,* „Aeuglein", dimin. zu *ău, gu.*

Während alle hd. Dialekte der Umlautung des *ou* ziemlich
heftigen Widerstand entgegensetzten, schlich der Umlaut sich
im Md. in gewissen Wörtern ein und wurde hier zum Teil
fest. (Weinhold, mhd. Gr.[1] § 109). Auch der siegener Dialekt
zeigt Spuren dieser md. Lautentwicklung. Neben frdbg. *glöru*
gehört hierher das im östl. Siegerland geltende *glaivə* (Wilgersdf.).
Bei *glaurə* ist der Umlaut auch in Eisern üblich in dem Opt.
Praet. *glaifdə.* Ferner nennen wir ostsg. (wilgersdf.) *kaifə,* wozu die urk. Formen *verkeufen* (211, 335), *keufen* (212, 320)
stimmen, und *laifə.* (Heinz. pg. 40).

Heinz. pg. 41 zieht hierher noch die Praet. und Part. der
Verben *snëįə* „schneien", *srëįə* „schreien", *sbëįə* „speien", die sg.
snou, gəšnoua; srou, gəšroua; sbou, gəšboua lauten. Dazu kommt
noch *dëįə* „fortstossen", das *dou, gədoua* bildet. Doch zeigt
hier schon der Umstand, dass wir das *ou* auch im östl. Siegerland vorfinden, dass es hier nicht auf urspr. *au* sondern auf
ú zurückgehn muss. Dieses *ú* entwickelte sich, zuerst im Praet.
Pl. dieser Verben, aus *úe* im Md. (Weinhold, mhd. Gr.[1] § 117);
vgl. md. Formen wie *schrúwen, geschrúwen* zu ahd. *scrian*
(Schade[2] II, 806), wie auch urk. *gelúren* zu *lien, lyien* (sg. Uk.
123, 263), das jetzt dem sg. Dialekt verloren gegangen ist.
Dieses *úe* wurde dann im Siegerland genau so behandelt wie
urspr. *ú* vor Vocal und im Auslaut. (s. pg. 76 f.)

Das germ. eu.

Das germ. *eu,* dessen Bestand frühzeitig schon durch Wörter
mit urspr. *ë* + *uw* und *ëw* vermehrt wurde (Weinhold, kl. mhd.

Gr. [2] § 47), ist schon in vorgeschichtlicher Zeit durch *a*, *o*, *e*
der folgenden Silbe zu *eo* gebrochen, wenn kein *i* oder *j* und
kein anderer als dentaler Consonant oder *h* zwischen *eu* und
den genannten Vocalen stand. Vor Gutturalen und Labialen
trat diese Brechung nicht ein. (Behagel P. G. I, 3, pg. 568.)
Wie im Gotischen entwickelte sich auch im Westger-
manischen das *eu*, wo es ungebrochen blieb, etwa im Laufe
des 8. Jahrhunderts zu *iu*. *eu* ist nur noch in den ältesten
Denkmälern erhalten und zeigt sich besonders im Altsächsischen
vor *w* z. B. in *treuua*, *hreuua* u. ä.
Was die Ausbreitung der Brechung des *eu* in ahd. Zeit
angeht, so hielt das Obd. zunächst an dem Lautstand des Alt-
germanischen fest, während die md. und nd. Dialekte auch
vor Gutturalen und Labialen die Brechung eintreten liessen,
die also hier nur durch folgendes *i* oder *j* verhindert wurde.
So steht in ahd. Zeit frk. *leob*, *liob*, *tiof* (aber *tiufi!*) obd. *linp*,
tiuf gegenüber, ferner frk. *liogan* obd. *liukan*, während *diot*,
leoht, *lioht* gemeinahd. Formen sind. Später machte zwar
die Brechung auch im Obd. Fortschritte, doch drang sie hier nie
so allgemein durch wie im Md.
Nach dem Gesagten ist im Frk. *iu* nur vor *i*, *j* erhalten
geblieben, indessen scheint daneben auch *eu*, das sich aus *ëw*
oder *ë + ww* gebildet hatte, von der Brechung verschont geblieben zu sein. Hierher gehören z. B. *briuwen*, *kiuwen*, *riuwe*,
triuwe, *iuwer*, *niu*, *kniu*, *niun*.
Im Obd. konnte bei der später eintretenden Monophthongirung des germ. *eu* nur die alten *iu* mit dem Umlaut-*iu* gleich-
gestellt und im 12. Jahrhundert diphthongirt werden, (Weinhold, mhd. Gr. [1] § 119; kl. mhd. Gr. [2] § 43), welche ein *j*-Suffix
dazu berechtigte. Diejenigen *iu*, denen dieses *j*-Suffix abging,
sind dagegen vielleicht nie ganz monophthongisch geworden,
jedenfalls sind sie heute noch in vielen obd. Mundarten von
den Vertretern des Umlauts *iu* vollständig geschieden. cf.
Brenner in Behaghel's Germania 34, pg. 245 ff. Behaghel: ebdas.
pgg. 247 ff. und 370 ff. P. G. I, 3, pg. 569.
Ganz anders lagen die Verhältnisse im Md. Wenn hier
in den heute lebenden Mundarten auf rip. und sdfrk. Boden,
(nach Behaghel in P. G. u. a. O. in Hessen, dem nördl. Thüringen
und in Altenburg), für urspr. *eu* „teils *ü*, teils *ü* bezw. die daraus

entstehenden Diphthonge erscheinen", so bedeutet das den Zusammenfall des alten *iu* nicht mit dem Umlaut des germ. *ú*
sondern mit dem *ú* selbst. Wie wir im Sg. gleich sehn werden,
verteilt sich nämlich *ü̂* und *ú* in der Vertretung von germ. *eu*
derart, dass *ü̂* als Umlaut des *ú* erscheinen muss, denn es steht
iu, wenn altes *iu* vor *i* oder *j* stand, *ú* in den andern, weniger
zahlreichen Fällen.

Diesen Zusammenfall des alten *iu* mit dem alten *ú* müssen
wir aber auch schon für die mhd. Zeit annehmen. So werden
denn auch in den sg. Urkunden beide Vocale gleichmässig durch
ú bezeichnet, das wohl zuweilen nach *o* hinüberneigt, nie aber
eine Spur des Umlauts zeigt. Wir haben z. B. *lúde* 140, 167,
187, 191, 193, 195, 208, 211, 212, 214, 244, 245, 256, 260, 265,
268, 270, 276; *lúden* 229, 251, 290, 302, 311, 320; *lúdin* 288,
309, 312, 313; *lúte* 169, 170, 263; *gezúch* 28, 131; *bezúgen* 130;
gezúchnisse 208; *bezúgnisse* 244; *zúgen* 266; *úr* 28; *úwer* 81;
trúwen 123, 191, 266, 269, 288; *húde* 188, 191. Ausserdem
haben wir *lûde* 214, 250, 147, 169, 187, 193, 263; *lûden* 211,
305; *gezûch* 130, 211; *trûwen* 131. Auch in *lûde* 137, 193,
263; *gezûge* 211 liegt kaum Umlaut vor, wofür eine Form wie
trûcliche 131 als Beweis dienen könnte.

Aus diesem Zusammenfall des alten *iu* mit dem germ. *ú*
im Md. ergibt sich aber nun, dass die md. Bezeichnung des umgelauteten *ú* durch *ú* im 12. und 13. Jahrhundert nicht, wie
man bisher annahm (Weinhold, mhd. Gr. ¹ § 120. Behaghel P. G.
I, 3, pg. 563), nur eine ungenaue Schreibung für ein unbeliebtes
iu war, sondern auch in der Aussprache vollem *ú* entsprach. Hätte
im Md. ein Umlaut-*iu* bestanden, so wäre das alte *iu* bei seiner
Monophthongirung sicher, wie im Obd., zu diesem Umlaut, nicht
zum *ú* selbst gegangen. In der md. Schreibung *ú* der Denkmäler
des 12. und 13. Jahrhunderts auch für den Umlaut sehn wir die
Reaction der md. Volkssprache, die einen Umlaut von *ú* damals
noch nicht gehabt hat, gegen ein ihr in der Schrift aufge-
zwungenes obd. obfrk., bd. unbeliebtes *iu*. Als nun später unter
dem Zwange der Analogie die Umlautung des *ú* auch im Md. vor
sich ging, wurden die alten *iu* genau so behandelt wie die
alten *ú*, d. h. vor urspr. suffixalem *i*, *j* trat der neue Umlaut
ein, während sonst der Vertreter des *ú* auch das alte *iu* er-
setzte. Umlautvocal aber wurde, da *ü̂* in vielen md. Dialekten

verpönt war, meistens i resp. dessen lautlicher Nachfolger. Es ist das eine Lautentwicklung, deren Vorläufer wir schon in den von Weinhold (mhd. Gr. [1] § 120) citirten Reimen aus Hartmanns Glauben vor uns haben, die *gediuten — witen* (143) — *ziten* (195), *geziten — liuten* (795) aufeinander binden. Auch der sg. Dialekt befolgt diese Entwicklung genau. Hier haben wir die gesetzlichen Vertreter des germ. *î*, also *i* vor *r* (ð), *s, r* (*t*) und *r, i* vor den andern Consonanten, *ï̯* vor Vocal und im Auslaut als Vertretung von germ. *eu*, wenn ein suffigirtes *i, j* folgte. War dies nicht der Fall, so erhalten wir für altes *eu* die Nachfolger von altem *û*: *û* vor den genannten vier weichen Spiranten, *u* vor den übrigen Consonanten, *ou̯* vor Vocal und im Auslaut.

Bei mehreren Stämmen treten diese Lautverhältnisse noch ganz klar zu tage. So vor allen im Praes. des Verbums *zé* „ziehen" ahd. *ziohan*, got. *tiuhan*. Hier haben die 2. und 3. Pers. Sg. Ind. wegen des urspr. *i*-Suffixes *zist, zitt*, während der Imp. *zuχ* lautet. Falsche Analogie hat dann zu dem Ind. *zist, zitt* einen Imp. *zich, züch* wie nach dem Imp. *zuχ* einen neuen Infinitiv *zuχə* hervorgebracht.

Hierher gehören ferner:

niə „neun" entspricht mhd. *neune*, das noch in nhd. dial. *neune* nachklingt. Es geht auf ein **niuni* zurück. (Schade [2] i, 653). Wo das thematische *i* am Schluss abfallen musste, z. B. in Zusammensetzungen erhalten wir *u*, das in sg. *nuvzə* „neunzehn", *nuvzich* „neunzig" vorliegt. Eis. *nainzə, nainzich* sind Neubildungen nach der Schriftsprache.

qəuə „kauen" ahd. *kiuwan* hat *u*-Laut, das Iterativ *këïl̯n* „durch Verziehen des Mundes Grimassen schneiden" den *i*-Laut.

blëïl̯ „flaches Holz zum Schlagen" md. *bläwel*, ahd. *bliuwil* hat den Nachfolger von *i*. Von demselben ahd. *bliuwan* ist abgeleitet sg. *blou̯* „durch den Schnee getretene Bahn", dazu *şənnblou̯* „Schindanger", wwäld. *blau*, westf. *blugge*, das *u*-Laut hat. Heinz. pg. 44; Wb. pg. 25. Für eis. *blau*, an dessen Stelle man *blou̯* erwartet, müssen wir hess. nass. Beeinflussung annehmen.

Wir haben ferner den *u*-Laut in folgenden Wörtern: *fuər* „Feuer" md. *vûr*, ahd. *viur*.

broụə „brauen" mnd. *brûwen*, ahd. *briuwan*.

oụ ist dat. acc. plur. des Pronomens der 2. Pers. und entspricht damit dem mhd. ahd. dat. *iu*, ist aber zugleich auch für den accus. ahd. *iuwih*, mhd. *iuch* eingetreten. Es liegt hier also die umgekehrte Analogieausbreitung vor wie in der nhd. Schriftsprache. Anders ist es beim tonlosen Pron. (s. pg. 107 f.). Das poss. *oụr* entspricht md. *ûwer*, urk.*ûr* (28).

Den häufigern *i*-Laut haben wir in

li „Leute" md. *lûte*, ahd. *liuti*. Eine alte Bedeutung, die an got. *liudan* noch erinnert, hat das Sg. bewahrt, wenn *li* in einigen sprichwörtlichen Redensarten „Erwachsene" bedeutet. So in der Interjection des Erstaunens *iər li onn iər kʒonnr!* „ihr Leute und ihr Kinder!", sowie in dem Sprichwort *uzz kʒonnr rūʒərn li* „aus Kindern werden Leute".

diər „teuer" ahd. *tiuri*.

bədirə „bedeuten", ahd. *diuten* aut **diutjan*. *i* ist verkürzt in *ditlich* „deutlich".

ditš „deutsch" ahd. *diutisc*.

zijjə „Zeuge", mhd. *geziuge* aus ahd. **giziugi*.

šlinnich „allmählich ansteigend" mhd. *sliunec*.

nëị „neu" ahd. *niuwi*.

drëị „treu" ahd. *gitriuwi*, got. *triggrs*.

sëịsl „Vogelscheuche", dann auch Schimpfwort, md. *schûsel* von md. *schûwen*, ahd. **sciuhjan* Schade [2] ii, 799.

glëịl „Knäuel" ahd. *chliuwelin* zu *chliuwa*.

dëịə „fortstossen", „drängen" gehört zu mhd. *diuwen*, ahd. *diuwan* aus **diiwjan* (Schade [2] i, 106). Zur selben Wurzel gehören mhd. *diu*, *diuwe* „Magd", got. *þius*, vb. *þivan*. Hierzu, nicht zu got. *divan* (Schade [2] ii, 948), stellen sich ferner die slav. Wörter lith. *dówyti* „umherjagend abquälen", russ. *dawiti* „drücken", „pressen". cf. Schade [2] i, 106; ii, 931. i, pg. xlvii.

Zu diesem Zeitwort ist durch volksetymologische Uebertragung vielleicht ein lat. Lehnwort gestellt worden, welches ohne diese Annahme unregelmässig behandelt wäre, und zwar nicht nur im sg. sondern auch in andern Dialekten. Es ist das lat. *diabolus*, das im Sg. nicht, wie man erwarten sollte, entsprechend ahd. *tiufal* als **dirl* erscheint, sondern *dëịvl* lautet.

Ganz analog sind diphthongische Formen des Wortes in alem. Mundarten, die Behaghel in P. G. I, 3, pg. 565 erwähnt. Hier ist nämlich das ahd. *iu* so behandelt, als stände es vor Vocal oder im Auslaut. Die Volksseele muss also wohl hier die Empfindung gehabt haben entweder, dass das Wort ein regelrechtes Compositum, oder wenigstens, dass es eine Suffix-Ableitung eines Stammes *diu-* sei, die dann dem oben besprochenen *šëisl* durchaus parallel wäre. In beiden möglichen Fällen wäre aber wohl Anlehnung an jene Wurzel *diu-*, *diur-*, die in sg. *dëjə* vorliegt, kaum abzuweisen. Von Seiten der Bedeutung steht dieser Uebertragung nichts im Wege, ja verschiedene Umstände zeigen, dass dem Volksglauben der Teufel als der Bedrücker des Menschen erschien. Im Volkslied der Dithmarschen erscheinen die Bedränger dieses so heftig verfolgten Völkchens als *Deusen*, d. h. Teufel (Müllenhoff, Sagen, Märchen u. Lieder aus Schlesw.- Holst. XXXVI), und noch heute bedeutet im Bair. *teufeln* einfach „prügeln" (Schmeller² I, 590). Das *Doggele* des Schweizers, ein Diminutiv zu *Dogo* und zum Stamme *diu-* gehörig, welches Albgeister bezeichnet (Mogk, Mythologie in P. G. I, 6, pg. 1017), kann uns zeigen, dass auch sonst Ableitungen der in Rede stehenden Verbalwurzel dem Menschen feindliche Quälgeister bezeichnen. An ein solches Wort aber konnte sehr wohl das lat. Lehnwort angeschlossen werden. Liegt ferner nicht auch in der Redensart „dich soll der Teufel reiten" eine Vorstellung zu grunde, die lebhaft an jene Alben erinnert? Für Ableitung von *tiufal* aus *diu-* in der Volksetymologie spricht auch eine weit verbreitete Nebenform des Wortes, welche sg. als *dëjkr* erscheint. Hier bediente man sich bei derselben Wurzel scheinbar eines andern Suffixes. Zu diesen positiven kommen Gründe mehr negativer Art. Schon Kluge⁴ 353 fällt der „echt germ. Lautcharakter" von ahd. *tiufal* auf gegenüber got. *diabaúlus*, das sich ängstlich an das griech. Stammwort anlehnt. Auch passen Neutralformen wie *tiefela*, *diufilir*, *diurala*, welche Otfrid (III, 14, 87, 53) bietet, weit besser zu einer deutschen Umbildung des Lehnworts als zu dem doch so ungemein persönlichen Sinn des lat. griech. *diabolus* „Verleumder" selbst. Trotzdem machen die erheblichen Schwierigkeiten, welche der anlautende Dental bereitet, es für die obd. Mundarten höchst zweifelhaft, ob hier Anlehnung von *diabolus* an den Stamm

diu- stattfand, zumal ja viele mundartliche und auch die schrift-
sprachliche Form ohne diese Annahme erklärt werden können.
Für das sg. *dëïrļ* und wohl auch für die erwähnten alem.
Formen ist dagegen die Annahme der Anlehnung zur lautlichen
Erklärung ganz unentbehrlich. Auch fügt sich ja der anlautende
Consonant in dem Sg. ohne weiteres. Ebenso sind die Schwierig-
keiten des Consonantismus im Alemannischen nicht unüberwind-
bar, denn Otfrid, der hier mit den Alemannen geht, hat nur
inlautendes, nicht aber auch anlautendes altgerm. *d* verschoben.
(Braune, ahd. Gr.² § 163.)

Unregelmässig ist sg. *hô* „heute" gegenüber md. *hûte*, ahd.
hiutu. Hier ist vielleicht Einfluss der mhd. Urkundensprache
im Spiel: wie sonst die md. Gemeinsprache *û* zeigte, wo die
sg. Mundart altes *ô* erhalten hatte, so nahm man hier nach dem
md. *hûte* im Sg. ein falsches *hô* auf.

Auch *frẹnn* „Verwandte" hat im Sg. seine besondre Entwicklung gehabt. Hier wurde das für gemhd. *iu* eintretende
md. *û* vor *nt* sehr früh verkürzt, wie das auch z. B. im Bair.
geschah (Weinhold, mhd. Gr.² §§ 130, 132; bair. Gr. §§ 60, 30).
Man vergleiche auch die Verkürzung des md. *û* aus *uo* in *stunt*,
stunden (Weinhold, kl. mhd. Gr.² § 50). Das so entstandene *u*
verfiel dann mit dem altgerm. *u* der Senkung zu *o*. Diesen
Entwicklungsgang bestätigen die sg. Urkunden, welche neben
gewöhnlichem schriftmd. *frunt* (214, 260, 266, 288, 332) auch
einige Male *fronde* haben (187, 244, 248). Der Umlaut des
heutigen sg. *frẹnn* ist wohl aus dem Plural zu erklären; der
Singular kommt überhaupt nicht vor. Den specifischen Sinn
„Verwandte" hat das Wort auch in nd. hess. els. schwäb. Dialekten (Kluge⁴ 95).

Der Brechungsvokal des *eu*, das *eo*, wird in ahd. Zeit im
Allgemeinen zu *io*, bei Otfrid zu *ia*, und dann seit 850 weiter
zu *ie* entwickelt. Im Md. ist dies *ie* nie beliebt gewesen, und
die östlichen Mundarten haben es sehr bald zu *î* vereinfacht
(Weinhold, mhd. Gr.¹ § 73 ² § 134; kl. mhd. Gr.² § 48). In den
westmd. Gebieten ist vielleicht, wie dies ja auch in nd. Mundarten die Entwicklung gewesen zu sein scheint, der Brechungsvocal *eo* in der Volkssprache überhaupt nie zu *io* gewandelt

worden, sondern hat sich direkt zu ê entwickelt. Jedenfalls ist
auch in den Denkmälern aus Ripuarien é für *eo* schon früh
nachweisbar. (Weinhold, mhd. Gr. [1] § 66. [2] §§ 135, 136.) Dieses
volkssprachliche é haben auch die sg. Urkunden zuweilen neben
dem gewöhnlichen schriftmhd. *ie* und dem ostmd. *i*. So lesen
wir *lebe* 81; *kesin* 332; *verzich* 248; *eemanne* 288.
Auch Formen
wie *leyven* 269; *keysen* 311; *veirzich* 250, 260, 261, 267, 268, 269,
288, 311 dürfen wir wohl hierherziehn. In der heutigen sg.
Mundart ist wie sonst rip. das ê vollständig fest. Nur vor *r*
ist hier, in vereinzelten Fällen auch vor *s*, eine Erhöhung des
ê zu *iə, i* eingetreten, die sich auch sonst vor diesen und ver-
wandten Consonanten eingestellt hat. (Weinhold, mhd. Gr. [1] § 99).
Die ersten Spuren dieser Erhöhung des ê sehn wir in jener
so unverhältnismässig häufigen Schreibung *veirzig* der Urkunden.

Beispiele:

rêt, daneben verkürzt *rętt*, „Ried" ahd. *riot, hriot*, agls. *hreód*.
bêrə „bieten" ahd. *biodan*, got. *biudan*.
gêzə „giessen" ahd. *giozan*, got. *giutan*.
bêstmęlch „die erste Milch der Kuh nach dem Kalben" wie
   mhd. *biest*, ahd. *biost* „lac novum."
bês „Binse" geht auf md. *biese*, mnd. *bese*, nicht auf ahd. *binuz*,
   mhd. *binz* zurück. Heinz. pg. 52. Dazu *bêslauf* „Schnittlauch".
lêf „lieb", fränk. *liob*, obd. *liup*.
gnê „Knie" ahd. *kniu*, got. *kniu*.
grêv „Griebe" ahd. *griobo*.
lêjə „lügen" ahd. *liogan*, got. *liugan*; die nhd. Schriftsprache
   hat unorganisches *ü*.
vêkə „Wieke", „Docht" ahd. *wiohha*.
lêcht „Licht" ahd. *lioht*. Verkürzung liegt vor in *lęchdə* „Laterne".
zê „ziehn" ahd. *ziohan*, got. *tiuhan*. Dazu gehört wohl *zêchə*
   „Bettüberzug", das dann nicht auf lat. *thêca* zurückgehn
   könnte. (Kluge [1] 396.)
rêmə „Riemen" ahd. *riomo*.
dên „dienen" ahd. *dionôn*, got. *þiunôn*.

   iə für ê erhalten wir nach dem oben Gesagten vor *r*:
diər „Tier" ahd. *tior*, got. *dius*.
biər „Bier" ahd. *bior*, agls. *beór*.

fiər „vier" ahd. *fior*, [got. *fidvòr*].

Beide Formen, *e* und *i*, bietet der sg. Dialekt in einigen Fällen vor intervocalischem *s*, welches hier dem Rhotacismus widerstanden hat. Es ist dies der Fall in *frésə*, *frisə* (so in Eisern) und *frlèsə*, *frlisə* zu ahd. *friosan* resp. *virliosan*. In der Stadt Siegen hat schriftsprachlicher Einfluss *friərn* und *frliərn* üblich werden lassen.

II. Die Vocale der Nebensilben.

War der Vocalwandel in den betonten Stammsilben wesentlich ein qualitativer, so tritt in den unbetonten Nebensilben mehr die quantitative Seite des Lautwandels hervor. Der Hang zur Bequemlichkeit, der der Sprache eigen ist, darf sich an den betonten Stammsilben nicht vergreifen, denn diese machen das Leben des Wortes aus. Dagegen darf er sich in den unbetonten Nebensilben ungestraft geltend machen. Wenn nur der Stamm selbst nicht beschädigt wird, die Aeste mögen verkümmern, bis sie zuletzt gänzlich abfallen.

Und wiederum kann sich die Neigung zur Verschleifung der Silben in den Volksmundarten viel eher geltend machen als in der geschriebenen Sprache. Die Schriftsprache setzt ihr, seit sie durch Erfindung der Buchdruckerkunst einen so gewaltigen und umfassenden Einfluss gewonnen hat, in dem geschriebenen Wort einen Damm entgegen, der den Strom der Sprachentwicklung, wenn auch nicht ganz aufhalten, so doch immer für einige Zeit hemmen kann, indem hier die alte Klang- und Silbenfülle immer wieder vor das Auge tritt. Es ist daher lediglich Einfluss der nhd. Schriftsprache, wenn wir im heutigen Nhd. des Gebildeten in den Nebensilben noch wesentlich dieselben Vocale haben wie in mhd. Zeit. In einzelnen Fällen hat sogar Einfluss der Schriftsprache es zu wege gebracht, dass Verschleifungen, welche im Mhd. ganz gebräuchlich waren, heute wieder durch ihre ehemaligen vollsilbigen und volllautlichen Formen ersetzt sind. Das lehren Composita wie mhd. *kirmesse* (Schade[2] i, 491); *kirspel, kirspil* (ag. Uk. 167, 248, 288, 263); *himper* „Himbeere" (Kluge[4] 143), ähnlich *kratzber* (Schade[2] i, 511). Freilich dürfen diese Formen als Zeugnis gegen das Bestehn einer mhd. Schriftsprache überhaupt nicht angeführt werden, sie beweisen nur ihren geringern Einfluss; dieser aber erklärt sich sehr leicht. Jedenfalls ist heute der Einfluss der Schriftsprache ein enorm grosser, und er macht sich in der Behandlung der Nebensilben auch in den Mundarten geltend, wenn auch natürlicher Weise die Verschleifung hier viel weiter gediehen ist als in dem Nhd. der Gebildeten.

Die hier zu behandelnden Nebensilben können nun ihrem Ursprung nach ehemalige Stammsilben sein, welche, sei es durch Anlehnung an ein besonders stark betontes Wort (Enklisis und Proklisis), sei es durch Composition, sei es aus andern Gründen, ihren Hochton verloren haben und zu Nebensilben herabgesunken sind. Sie können aber auch ursprüngliche Nebensilben sein.

Nebensilben, welche ehemals Stammsilben waren.

Wir haben hier zunächst die Enklitika und Proklitika zu behandeln, ferner die Composita, welche den einen oder beide Bestandteile verkümmern liessen. Besonders zu betrachten sind dann noch die Eigennamen.

Enklitika und Proklitika.

Im Sg. geben einzelne Wörter, meist Pronomina, denen an sich schon eine geringe Tonfülle eigen ist, wenn auf ihnen kein besondrer Nachdruck ruht, genau wie die griech. Enklitika und Proklitika ihren Stammsilbenton auf und lehnen sich als Nebensilben an das Wort, zu dem sie gehören, an. Durch die Aufgabe der Betonung sinkt der Vocal dieser einsilbigen Pronomina auf seine niedrigste Stufe, den irrationalen Vocal ə, herab. ə in Verbindung mit Liquida oder Nasal führt zu Liquida resp. Nasalis sonans.

Da es sich im Folgenden vielfach um Casusformen der Declination handeln wird, so muss vorausgeschickt werden, dass dem Sg. wie zahlreichen nd. Dialekten ein eigentlicher Genetiv fehlt. (Wegner in P. G. i, 5, pg. 944.) Vorhanden ist nur, und zwar ganz vereinzelt, ein angelsächs. Genetiv, gewöhnlich aber tritt Umschreibung ein, und wird z. B. der possessive Genetiv durch den Dativ mit dem Possessivpronomen der 3.

Person bezeichnet. Also „meines Vaters Haus" ist sg. *minṃ
fârr siṇ huss.* Sonst werden meist Praepositionen angewandt.
Zu den proklitischen Wörtern gehört zunächst der Artikel,
der bestimmte wie der unbestimmte, wenn er tonlos steht.
cf. Paul, mhd. Gr. ² § 15.

Wir stellen die betonten und tonlosen Formen der Ver-
gleichung wegen nebeneinander:

Bestimmter Artikel:

Betont:

	Sing. Nom.	*dâē*	*di*	*dat*
	Dat.	*dëəmm*	*dâeər*	*dëəmm*
	Acc.	*dëənn*	*di*	*dat.*

	Plur. Nom.	*di*
	Dat.	*dëənn*
	Acc.	*di.*

Tonlos:

	Sing. Nom.	*dr*	*də*	*dət*
	Dat.	*dṃ*	*dr*	*dṃ*
	Acc.	*də*	*də*	*dət.*

	Plur. Nom.	*də*
	Dat.	*də*
	Acc.	*də.*

Zu erwähnen ist noch, dass im Accus. Sing. Masc. sehr
häufig sich die proklitische Nominativform einstellt, während
dies bei den betonten Formen nie geschieht. Es ist dies der
sog. rheinische Accusativ. cf. Heinz. pg. 61.

Unbestimmter Artikel:

Betonte Form:

	Nom.	*ënn*	*âe*	*âi*
	Dat.	*ëmm*	*âeər*	*ëmm*
	Acc.	*ënn*	*aē*	*âi.*

Tonlose Form:

	Nom.	*ṇ*	*ṇ*	*ə*
	Dat.	*ṃ*	*r*	*ṃ*
	Acc.	*ṇ*	*ṇ*	*ə.*

vgl. noch die Behandlung des Zahlwortes *ain* pg. 84 f.

In der Stadt sind diese Verhältnisse der betonten zur proklitischen Form besonders beim unbestimmten Artikel durch schriftsprachliche Einflüsse verwischt.

Im Allgemeinen ist noch zu bemerken, dass die vollen Formen des Artikels noch mehr zu ihrer urspr. Bedeutung hinneigen, also der bestimmte Artikel zum hinweisenden Pronomen, der unbestimmte zum Zahlwort.

Auch beim Fürwort selbst hat sich im Sg. der enklitische Gebrauch eingestellt und zwar beim persönlichen Pronomen, beim Reflexivum und beim Pronomen der 3. Person. Hier ist die Scheidung zwischen betonter und unbetonter Form so consequent durchgeführt und so streng gesetzmässig geordnet, dass wir mit Fug und Recht nach französischer Weise von einem Pronomen absolutum und einem Pronomen conjunctum reden können. Andrerseits sind die Grenzen für den Gebrauch des Pronomen conjunctum, der tonlosen Form, ziemlich eng gezogen, da diese meist nur in der Fragestellung und in den obliquen Casus beim Verbum erscheint. In der gewöhnlichen, nicht invertirten Wortstellung stehn dagegen gewöhnlich die vollen Formen.

Wir haben nun:

Pron. personale I. Pers.:

Betont:

	Nom. Sing.	*ęch*	Plur.	*miər*
	Dat.	*miər*		*ôs*
	Acc.	*męch*		*ôs*

Enklitisch:

	Nom. Sing.	*ich*	Plur.	*mɾ*
	Dat.	*mɾ*		*əs*
	Acc.	*mich*		*əs.*

II. Pers.:

Betont:

	Nom. Sing.	*dú*	Plur.	*iər*
	Dat.	*diər*		*oụ*
	Acc.	*dęch*		*oụ.*

Enklitisch:

	Nom. Sing.	*də*	Plur.	*ɾ*
	Dat.	*dɾ*		*ich*
	Acc.	*dich*		*ich.*

Beim pers. Pron. ist noch zu bemerken, dass das Sg. hier auch einen Genetiv hat. Es ist dies die mhd. Neubildung *miur*, *diur*, die wohl aus der Schriftsprache stammt und enklitische Formen natürlich nicht bilden kann.

In Bezug auf die angeführten enklitischen Formen ist noch besonders zu beachten, dass vor dem palatalen *ch*, wie auch sonst oft zu geschehn pflegt, für *ə* ein *i* eintritt.

Im Dat. Acc. Plur. des pers. Pronomens der 2. Person ist in den betonten Formen, wie schon pg. 99 bemerkt wurde, die urspr. Dativform ahd. *iu*, bei dem enklitischen Pronomen aber die Accusativform ahd. *iuwih* auch für den betreffenden andern Casus in Gebrauch gekommen. Letzterer Entwicklung folgt auch das Nhd. der Schriftsprache.

Das Reflexivum hat sg. die Formen *siər*, *sçch*, enklitisch *sr*, *sich*. Der Dativ *siər*, enklit. *sr* ist wohl kaum der lautliche Nachfolger von got. *sis*, obwohl er es sein könnte, sondern vielmehr Neubildung nach *miər* und *diər*. Auch der Genetiv hat eine Neubildung *sinr*.

Das absolute geschlechtige Pronomen der 3. Person hat folgende Formen:

Sing. Nom. *hu͡e̱*   *si*   *ë̱ət*
      Dat. *ëəmm*   *a͡e̱ər*   *ëəmm*
      Acc. *ëənn*   *si*   *ë̱ət*.
   Plur. Nom. *si*
      Dat. *ëənn*
      Acc. *si*.

Die entsprechenden enklitischen Formen sind:

Sing. Nom. *ə*   *sə*   *ət*
      Dat. *m*   *r*   *m*
      Acc. *n*   *sə*   *ət*
   Plur. Nom. *sə*
      Dat. *n*
      Acc. *sə*.

Auch hier haben wir einen Genetiv, es ist die schriftspr. Neubildung des Reflexionspronomens *sinr*, wozu ein *a͡e̱rr* neu geschaffen wurde, das Gen. Sing. Fem. und Plur. ist.

Ausser an das Verbum lehnen sich diese Pronominalformen auch gern an Praepositionen an.

Spuren dieser enklitischen Schwächung der Pronomina hat schon das Mhd. in grosser Zahl (Weinhold, mhd. Gr. §§ 19, 458 ff.; kl. mhd. Gr. ² § 194.). Auch die sg. Urk. haben zahlreiche Belege derselben.

Composita.

Verwandt dem Herabsinken selbständiger Wortformen zu Enkliticis ist die Behandlung eines der Bestandteile der Composita. Während die Schriftsprache hier immer wieder ganz besonders deutlich an die alten Compositionselemente mahnt, erleidet im Volksdialekt dadurch, dass beide Compositionselemente ungleich betont werden, der minder starken Accent tragende Teil nicht selten eine wesentliche lautliche Reduction, die ihn den Nebensilben nähert. Gewöhnlich zeigt sich diese Schwächung beim zweiten Bestandteil, doch kann sie auch beim ersten eintreten, ja es können ihr auch beide Compositionselemente anheimfallen. Die Vocalstufe der auf diese Art geschwächten Silben ist meist genau die der andern Nebensilben, der irrationale Vocal. Oft schwinden Silben auch ganz und gar.

Sehr oft hat das Sprachgefühl die alten Compositionselemente in ihrer Verstümmlung nicht mehr erkannt, weshalb leicht ein falsches Geschlecht eintritt. Ja die Empfindung, dass ein Compositum vorliege, kann bis zu dem Masse verwischt werden, dass man das eine Element als Bestandteil des andern oder vielmehr beide als ursprüngliches Ganze auffasst und nun ein Suffix anfügen kann. Dieser Fall liegt z. B. vor in sg. *drävr̥liŋ* „Tragbahre" aus ahd. *tragan* und *bára*.

Beispiele:

f̣ḷvʒ „niedriger Korb aus Eichenschienen" wurde unter *u* (pg. 49) besprochen. vgl. Vilm., pg. 111. Bech, pg. vii.

hēns̄ „Handschuh" ahd. *hantscuoh* (s. pg. 28).

drivʒʒ „Dreifuss", dann auch „einfältiger Mensch", aus *dri* und *fuoz*; vgl. *bârvʒʒ* „barfuss". Heinz. pg. 63.

hailvʒʒ „Buchweizen"; daneben steht ein *hailf̣f*. Nach Heinz. 72, der das letztgenannte Wort wol richtig als „Heidelaub" erklärt, soll *hailvʒʒ* ein verstümmelter Genetiv dieses *hailf̣f* sein. Es kommt aber keineswegs nur im Compositis (*hailvʒʒmäel*, *hailrəzqôχə*) sondern auch für sich allein vor. Es sind daher zwei getrennte Formen anzunehmen, und ist *hailrəz* als „Heideweizen" aus *heide* und *weiz* zu erklären (vgl. die Bezeichnung *Buchweizen*). Das *l* in *hailrəz* ist dann so aufzufassen wie in mhd. *heidelbör* zu ahd. *heitperi*, sowie in sg. *héərlfrau* „Hebamme", md. *herelsche*, das Weinh. (mhd. Gr. [1] § 249) freilich anders erklärt.

éməz „jemand", *néməz* „niemand" sind, wie das archaistische *émə*, *némə* beweist, an das später zu besprechende Suff. -*əz* (s. die Suff.) angelehnt. Eine ähnliche Modification erfuhr das sg. st. aus der Schriftsprache übernommene *émanz*.

baqqəs „Backhaus", gew. neutr., in Eisern aber masc., ein Zeichen, dass man hier sich der Zusammensetzung mit *huss* nicht mehr bewusst ist. vgl. soest. *baks*, ruhl. *brubs* (Behagel P. G. I, 3, pg. 575). Heinz. citiert pg. 95 noch sg. st. *râodəs* „Rathaus", *sáofəs* „Schafhaus".

résəbobbḷ bezeichnet in Eisern die Sumpfdotterblume, Caltha palustris. -*bobbḷ* ist wohl die Verstümmlung von *bodḷrblôm*, „Butterblume", wie diese Pflanze sehr häufig heisst. Wenn in der Stadt *bobbḷn* die Blätter des grossen Huflattichs, Tussilago petasites, bezeichnet, so ist das wohl weiter nichts als eine Uebertragung des Namens von Caltha palustris her, die in der grossen Aehnlichkeit gerade der Form der Blätter beider Pflanzen ihre Erklärung findet.

grômət „Grummet" mhd. *gruonmât*. (s. pg. 70).

haiarn, haiân m., sg. st. *héiân* „Heuernte", zusammengesetzt aus ahd. *hauwi* und *aran*, got. *asans*, Kluge [4] 74. cf. hess. *ern* Vilm. 94. Ebenso *grôməzân* „Grummeternte" aus *grôməts ârn*.

oḷḷṛn „Söller" wurde bereits unter *u* (pg. 48) besprochen, es besteht aus mhd. *uller* und *ṛn*, ahd. *arin*.

soḷbṛ „Salzbrühe", „Schmutzwasser", bestehend aus ahd. *sol* „Kotlache" zu *suljan* (Schade [2] II. 842. 891) und mhd. *brüeje*, sg. *brê* „Brühe". Den Begriff des Schmutzigen zeigen noch das sg. Verbum *soḷbṛn* „in (schmutzigem) Wasser plantschen", und *çəm soḷbṛ lêjjə* „Katzenjammer haben", eigentlich wohl „in der Gosse liegen". vgl. frz. *sale*. Anders Vilm 388.

husbṛ „Sperling", nur in der Stadt üblich, auf dem Land dafür nur *šbalz*, enthält als zweiten Bestandteil ahd. *sparo*, mhd. *spar*. Kluge ⁴ 333.

naŏχbr „Nachbar" mhd. *nâchgebûr*, ahd. *nâhgibûr*.

häelr „Holunder" entspricht, bis auf Dehnung und Umlaut des Stammvocals, dem mhd. *holr, holder*. Bestandteile sind ahd. *hol* und got. *triu* „Baum".

ärich „Canal" gehört wohl ohne Zweifel zu dem hess. *aduch* Vilm. 4, Bech ii, das von diesen auf lat. *aquaeductus* zurückgeführt wird. Das in Eiserfeld übliche *ärrrich* könnte eine Bildung analog dem Plur. *märrchr* „Mädchen" sein, könnte aber auch für germ. Ursprung des Wortes sprechen. Erster Teil wäre dann vielleicht umgelautetes ahd. *auwa*, an. *ey* (Schade ² i, 670), das in *Eidergans*, sowie in Orts- und Flussnamen wie *Eider, Eitorf* u. ä. vorliegt, zweiter sg. *dich*, agls. *dič*.

brâŏmbr „Brombeere" (s. pg. 55) enthält als zweiten Bestandteil nhd. *Beere*, ahd. *peri*. Derselben Bildung sind *hçǝmbr*, *hçmbr* „Himbeere" mhd. *himper* (Kluge ⁴ 143); *ŏrbr* „Erdbeere"; *vâolrr* „Waldbeere", das auch das erste Element verändert hat.

ursbrt, ussbrt „Frühling" enthält als erstes Element wohl sicher das idg. Wort für Frühling, das wir haben in an. *vár*, mengl. *wêr*, nfries. *ûrs, wos* (Kluge ⁴ 210), lat. *ver*, gr. ἔαρ, skr. *rasar*. Der zweite Bestandteil ist dunkel; vielleicht mhd. *burt* „Geburt"?

braiml „Breimehl", ein jetzt veraltetes Wort. Das Bewusstsein der Composition verrät eis. *brëįml*. Vilm. 52 f.

kǝnnlvr „Kindtaufe", ein archaistischer Ausdruck, vgl. meckl. *kindelbir*, ostfries. *kindelbêr* (Heinz. pg. 64). Auch allein bezeichnet an. *biorr* „Gelage" (Schade ² i, 66). Wir schliessen ein paar andre Bezeichnungen für Familienfeierlichkeiten an. Für Begräbnissfeier haben wir *lichgǝloχ* „Leichengelage", wo vielleicht Gelage die urspr. Bedeutung „das Legen" (nämlich der Leiche in den Sarg) hat und wohl zu ahd. *lâga* gehört. (Kluge ⁴ 108. Schade ? i, 530.). Die Verlobung erscheint als *rrvqof* und damit als ein abgeschlossenes Kaufgeschäft; cf. mhd. *winkouf*, urk. *winkaûfes* (250). Heinz. pg. 59.

banzl „schmales bandförmiges Halstuch", genau derselben Bil-

dungsweise wie das pg. 17 besprochene *rârzļ*, besteht aus
ahd. *bant* und *twghel*, nhd. dial. *Zwehle* (Kluge ¹ 402).
gmmich „Ohnmacht", genau dem mhd. *âmaht* entsprechend.
rglz? „wann?", zusammengesetzt aus ahd. *welh* und *zit*, wie das
urk. *welzit* (293) beweist.
vûʒram „Sauerampfer", Rumex acetosa, ist eine tautologische
Composition von ahd. *sûr* und *ampfaro*, das auch sonst nhd.
dial. als *ampf* erscheint und auf lat. *amarus* zurückgeht.
(Kluge ⁴ 8.)
šgrnsdʒ „Schornstein", mhd. *schornstein* zu ndl. *schoor* „Stütze".
vâêrļ „Wagenladung", in Eisern masc., nach Heinz. fem., hat
das ahd. *fol* als 2. Teil der Composition (Heinz. pg. 63 f.);
ebenso *ârrļ f.* „ein Arm voll" obd. *arfļ* (Behaghel P. G. ɪ,3,575);
mofļl f. „ein Mund voll" obd. *mumpfļ*, dazu *mofļlu* „mit vollen
Backen kauen"; *hâfļ f.* „eine Hand voll" obd. *hampfļ*.
Beide Compositionselemente sind verstümmelt in
aubr „Augenbraue" mhd. *ouebrâ*, vgl. nhd. *Wimper* mit mhd.
wintbrâ;
und in den Zusammensetzungen mit *kircha*:
kirmʒs sg. nur in der Bedeutung „Geschenk, das man von der Kir-
mes mitbringt" mhd. *kirmesse*; *kiršbļ* „Kirchspiel" mhd. *kirspil*,
Kluge ⁴ 171, urk. *kirspel, kirspil* (sg. Uk. 167, 248, 288, 263);
kirfich „Kirchhof" mit eigentümlicher Metathesis von *f*
und *ch*.

Eigennamen.

Von allen Wörtern haben die Eigennamen die stärkste In-
dividualität. Sie bleiben daher auch verstümmelt meist noch
verständlich und der Hang der Sprache zur Verschleifung zögert
nicht, diesen Umstand auszunutzen.
Wir betrachten zunächst die geographischen Namen. Sie
geben sich meist als Composita, deren erster Teil der eigent-
liche Eigenname, deren zweites Element aber eine aus einer
ziemlich beschränkten Zahl von geographischen Bezeichnungen
ist, die sich deshalb oft wiederholen. Für die Deutlichkeit
des geographischen Namens sind diese letzten Elemente von
sehr geringer Wichtigkeit, deshalb fallen sie auch leicht der
Verstümmlung anheim. Wie wenig Wert die Sprache auf diese

Bestandteile der Namen legte, geht daraus hervor, dass im
Volksmund z. B. zuweilen ein ganz andres Wort als zweiter
Teil der geographischen Benennung erscheint als in der Schrift
üblich ist. Ein Beispiel dafür bietet der siegerländer Ort
Flammersbach (urk. *Flamersbach* 125), der im Volksmund nur
Fláōmŗšdŗf heisst; vgl. berlinisch *Potsdorf* „Potsdam“, *Schlorn-
dorf = Charlottendorf* „Charlottenburg.“

Oft hat die Volkssprache alte Suffixe in Ortsnamen bewahrt,
welche die Schriftsprache nicht mehr als solche erkannt und
deshalb durch neue ersetzt hat. Das geschah z. B. in *Littfeld*,
im Volksmund *Lętf*, urk. *Litphe* (sg. Urk. pg. 206); *Fischbach*
sg. *Fŗšbə*, urk. *Vispe* (250), *Overryspe* (288), *Vysphe* (pg. 206).

Wir betrachten die Namen nach ihren Nominalsuffixen.

Das suffixal verwandte -*bach* erscheint sg. gewöhnlich als
-*mich*. So in:
Axəmich Achenbach, urk. *Achinbach* (108). *Baiəmich* Beien-
bach, urk. *Beinbach* (77). *Almich* Allenbach, urk. *Altpach* (216).
Hŗlchəmich Hilchenbach, urk. *Heylichinbach* (63), *Helchinbach*
(125). *Krŗmmich* Krombach, urk. *Crumbach* (281, 288). *Fóə-
səmich* Gosenbach, urk. *Gosinbach* (305). Heinz. pg. 66.

Nach *s* und *b* bleibt das *b* erhalten:
Mórršbich Mudersbach (53). *Hèvsbich* Hengsbach, urk. *Hen-
gisbach* (55). *Firšbich* Feuersbach, urk. *Wurspach* (216). *Drub-
bich* Trupbach, urk. *Drupach* (pg. 207).

Ferner ist *b* erhalten nach *r* in *Burbich* Burbach, urk.
Burebach (4), während sonst nach Liquida es gewöhnlich zu *v*
erweicht wird:
Birvich Bürbach, urk. *Bůrbach* (125). *Affrvich* Afholderbach,
urk. *Affelterbach* (288). *Sŗlvich* Seelbach, urk. *Selebach* (55).

Das Suffix gewordene -*berg* erscheint im Sg. gewöhnlich als -*mŗrich*, daneben -*rŗrich* und -*bŗrich*, mit Stimmvocal
zwischen *r* und *ch*, der sich auch ahd. und mhd. sehr häufig
einstellt, und dessen palataler Charakter durch das *ch* bestimmt
wird; vgl. sg. *árich* „arg“ (s. pg. 17). Braune, ahd. Gr. ² § 69.
Weinhold, mhd. Gr. ¹ § 38. Wir haben also:
Qalmŗrich Kalmberg; *Lŗonnəmŗrich* Lindenberg; *Astəmŗrich*
Astenberg; *Mŗchlmŗrich* Michelsberg (wohl fälschlich für
Michelberg d. i. „grosser Berg“; *Sirŗrich* Siegberg; *Hŗvs-*

brrich Hengsberg; *Giərśbrrich* Giersberg; *Kivļśbrrich* Kindels-
berg u. s. w.

-dorf erscheint als *-drf*:
Vȩnzdrf Wilnsdorf, urk. *Willandisdorf* (19, 22, 41), *Wielandestorf*
(32), *Willanstorph* (48); *Ôəvŕśdrf* Obersdorf; *Nȩvkŕśdrf* Nen-
kersdorf, urk. *Nenkersdorph* (125); *Fȅrndrf* Ferndorf, urk.
Vȩrentrefh (97, 98, 99), *Verrentrap* (281) legen die Vermutung
nahe, dass hier nicht ursprünglich *-dorf* vorliegt.

-feld, älter-*felde*, erscheint heute gewöhnlich als *-fëəll*,
so in:
Isrfëəll Eiserfeld, urk. *Ysernvelde* (66). In *Klaȍrȩt* ist das *l*
des suffixalen *-feld* unter dem vereinigten Einfluss des *l*
des ersten Compositionselements und des schliessenden
Dentals zu *n* geworden, das dann auch Träger des Silben-
vocals wurde. Urk. haben wir *Clahrehle* (3), das jeden
Zweifel an der Richtigkeit dieser Entwicklung ausschliesst.

Mehrsilbige Suffixe behalten gewöhnlich ihre Silbenzahl,
und nur die Endsilbe erleidet eine Schwächung:
Ḥǫlbəqúsə Holdinghausen, urk. *Ḥaldenghúsen* (3), *Ḥadinchúsen*
(72), *Ḥoldinkúsin* (43); *Ḥarzúsə* Herzhausen, urk. *Ḥerrozhúsen*
(61), *Ḥirtsḥúsin* (78) *Ḥertzhúsen* (pg. 207); *Nivkirchə* Neun-
kirchen, urk. *Nunkirchen* (55); *Ḥâmŗhȩddə* Hammerhütte etc.

Vereinzelt sind jedoch auch zweisilbige Nominalsuffixe arg
verstümmelt, so in
Ḥaȍərśə Haarhausen; *Bliddŗśə* Plittersbagen, urk. *Blittershan*
(250); *Ḥolzəsə* Holzhausen.

Der erste Bestandteil ist arg entstellt in *Ḥȩrmədeichə* Irm-
garteichen, nach der heil. Irmgart benannt, urk. *Irmegartheichen*
(168), *Yrmegardechin* (173).

Die geographischen Namen ohne deutlich erkennbares
Nominalsuffix, die wir hier anschliessen wollen, obwohl sie
eigentlich nicht hierher gehören, sind meist Dative, welche in
den Urkunden teils schwach auf *-en*, teils stark auf *-e* ausgehn,
heute aber im Volksmund dahin uniformirt sind, dass sie nach
Liquida auf *-n*, sonst auf *-ə* endigen. Wir haben also
Isrn Eisern, urk. *Yseren* (56, 68); *Sëjjə* Siegen, urk. *Sige* (8),
Sygin (10, 16), *Seygen* (46, 51), *Siegen* (27), *Syygene* (120),
Segene (47) etc.; *Lȩtzḷn* Lützeln, urk. *Lutzeln* (320); *Mḗzə*
Müsen, urk. *Mȕzen* (132), latinisirt *Mutzhena* (3); *Ditzə* Denz,

urk. *Düze* (265), *Dutze* (pg. 207); *Säldə* Schelden, urk. *Shelte* (43).

Ursprünglich hatten wohl alle diese Namen den Artikel, jetzt ist er nur noch selten erhalten, besonders dann, wenn nachträglich das Diminutiv des Namens eintrat. So *dət Räetchə* Rödgen, urk. *Rode* (229), *Rude* (pg. 206); *dət Hüenchə* Hainchen, urk. *deme Hane* (130, 132, 167), *deme Hayne* (164), *der Han* (244). Ebenso haben wir den Artikel noch in *də Veldə* Wilden, *də Letzl* Lützel, *də Draisbə* Dreisbach, wo nicht die Endung -*bach* vorliegt, wie Heinz. pg. 103 glaubt, da auch urk. (pg. 207) *Drisphe* steht. vgl. Heinz. pg. 115.

Besonders interessant ist auch die Behandlung der Rufnamen. Ihrer Anwendung gemäss erhält hier immer eine Silbe, gewöhnlich die erste, wenigstens bei den männlichen Namen, einen ganz besonders starken Ictus. Je schwerer aber der auf diese Hauptsilbe fallende Accent ist, um so schwächer wird die andre oder werden die übrigen Silben betont. Wir finden daher nicht selten bei den Rufnamen Silben ganz spurlos verschwunden. cf. Steub: „Ueber dt. und bayr. Fam. Namen" pg. 13.

So haben wir denn an männlichen Namen *Velm* Wilhelm; *Domməs* Thomas; *Jirj* Georg; *Hënnr* Heinrich; *Fridr* Friedrich; *Hannəs* Johannes; *Maddəs* Mathias.

Daneben erscheinen, zwar schon veraltet, aber doch immer noch in Anwendung, Formen dieser Namen, die auf deren lateinische Bezeichnung im Kalender zurückgehn müssen, denn sie zeigen am Schluss die freilich zu -*əs* herabgesunkene lat. Endung -*us*. Dieses -*us* hat aber bewirkt, dass nun nicht die erste sondern die zweite Silbe den Ictus erhielt. Es wurde daher nun die erste Silbe accentlos und ist meist gänzlich abgefallen. Es ergeben sich so von den genannten Namen ganz andre Formen. cf. Heinz. Wb. pg. 24. Wir haben: *Hëlməs* Wilhelm; *Rickəs* Heinrich und Friedrich (Henricus — Fridericus); ferner *Mannəs* Hermann; *Hârdəs* Bernhard; *Qôrəs* Jacob; *Leps* Philipp.

Koseformen wie *Heinz, Kunz, Lutz*, welche Jac. Grimm in seiner Grammatik (² III. pg. 664 ff.) behandelt hat, sind sg.

nicht in Gebrauch, das einzige *Frẹtz*, *Fritz* ist wohl entlehnt.
(s. pg. 129). In den weiblichen Vornamen hat der Umstand, dass sie
als Feminina auf idg. *â*, germ. *ô*, mhd. *e* ausgingen, bewirkt,
dass auch hier der Hauptaccent nicht auf die erste, sondern
auf die der Endung vorangehende Silbe trat. ‧ Dadurch sind
oft die eigentlichen Namen ganz abgefallen und nur die Suffixe
erhalten, durch welche diese weiblichen von männlichen Namen
abgeleitet waren. So in
Minə Wilhelmine; *Binə* Jakobine; *Dinə* (mit *d* für *dr* im Anlaut, cf. *šank* pg. 14) Katharine; *Milə* Emilie; *Mrij* Marie;
Trutt Gertrud; *Liss* Elise; *Lisbẹt* Elisabet (daneben auch
Älz); *Jánə* Johanna; *Nẽəs* Agnes.

Die höchste Potenz der Verstümmlung ergibt sich in den
zusammengesetzten Rufnamen, die uns der siegener Dialekt
bietet. Regeln gibt es hier überhaupt nicht, nur muss fest-
gestellt werden, dass als erste Elemente dieser Composita immer
dieselben Namen wiederkehren. Es ist dies bei den männlichen
Namen *Johann*, bei den weiblichen *Anna* oder *Marie*. Diese
eigentümliche Erscheinung hat aber kein sprachliches Interesse
und ist lediglich durch die Mode begründet, wie denn auch
heute diese Namen, wenn sie auch noch recht häufig sind,
doch schon mehr als archaistische Curiosa gelten. (vgl. „Riimcher
uss'm Seejerland" [2] pg. 23).

Wir nennen von männlichen Namen:
Hannënnẹr Joh. Heinrich; *Hanvẹlm* Joh. Wilhelm; *Hanjõəst*
Joh. Jost; *Handọmməs* Joh. Thomas; *Hanjirj* Joh. Georg.

Von weiblichen:
Ammi Anna Marie; *Anliss* Anna Elise; *Annəbẹt* Anna Elisabeth; *Amməgrẽə* Anna Margarete; *Annəqatriv* Anna Katharine;
Millis, *Mrijəliss* Marie Elise; *Mariëlz* Marie Elisabeth; *Mimmr-
grẽə* Marie Margarete; *Midding* Marie Katharine; *Mariânə*
Marie Johanna.

Apokope und Synkope.

Die Ab- resp. Ausstossung von Silben trifft im Allgemeinen
nur ursprüngliche Nebensilben und war in mhd. Zeit hier obd.

häufiger als md. (Weinhold, mhd. Gr. ¹ §§ 19, 30, 37; kl. mhd. Gr. ² § 15.) In einzelnen Fällen wurden jedoch schon in mhd. Zeit auch (allerdings nebentonige) Silben des Stammes in Mitleidenschaft gezogen. Diese Fälle, welche in den Volksmundarten unserer Zeit natürlich noch viel häufiger geworden sind, wollen wir hier betrachten, zunächst den Silbenausfall im Auslaut.

Hier schwindet zunächst im Sg. *-də*; vorhergehender kurzer Vocal ist gedehnt:

šå schade; *grå* grade; *mê* müde; *hå̂* Heide; *frå̂* Freude; *hâl* Halde; *biər* Bürde.

In *gəsęnn* Gesinde ist das *d* dem *n* assimilirt; ebenso in *sęnn* Sünde.

Auch mhd. *-te* nbd. *-tte* scheint im Sg. oft abgefallen zu sein, z. B. in *bê* Bütte mhd. *büte*; *sêyårļ*, eigtl. „Schüttegabel", eine hölzerne Gabel zum Auflockern des gedroschenen Strohs. (Heinz. pg. 116; Vilm. 350; Schmidt 183); auch *šå̂* Schatten mhd. *schate* gehört wohl hierher, wenn es auch durch den Umlaut verdächtig wird. *kêə* Kette hatte im Mhd. noch das *n* von lat. *catena*: *kęten* aus *kętene*.

Ohne weiteres schwindet auch die Silbe *-he* im Auslaut: *mê* Mühe; *brê* Brühe; *šlêə* Schlehe; *hêə* Höhe; *nåͦo* nahe; *gå̂ê* jähe (meist in der Bedeutung „steil").

Ebenso wird *-ne* behandelt: *bê* Bühne; *få* Fahne; *šbåͦê* Späne, plur. zu *šbåͦo*; *biər* „Birne" geht dagegen wohl auf mhd. *bir* zurück.

In *zê* „ziehen" ward *-he-* jedenfalls zuerst synkopirt und dann *n* abgestossen. *blê* blühen, *båͦê* bähen, *grå̂ê* krähen, *såͦê* säen, welche ursprünglich *j* hatten, zeigen schon im Mhd. Synkopirung von *-je-*: *blüen*, *baen*, *saen*, *kraen*, haben aber natürlich noch das flexivische *-n*.

Im Praeteritum der schwachen Verben ist die Synkopirung noch weiter gegangen als in der nhd. Schriftsprache. Vor allen schwindet z. B. *-de-*: *šådə* schadete; *bådə* badete; auch *båͦedə* betete; *rèədə* redete; *hêdə* hütete; *šoddə* schüttete. Dieselbe Erscheinung zeigt das Particip: *gəšåt*; *gəbåͦêt*; *gəhŏt*; *gəšott*.

-ge- wird in der Schriftsprache mit vorhergehendem *a* oder *e* nicht selten in *ai* zusammengezogen. So in *hain* aus *hagen*, *maid* aus *maget*, *getreide* aus *getręgede*, *eidchse* aus *ęgedehse*.

In einigen germ. Dialekten findet nun Contraction dieses *ai*
statt, so im Englischen, wo ja auch das alte *ai* contrahirt
wurde. Auch der sg. Dialekt contrahirt dieses *ai* stets, der
Contractionsvocal steht allerdings noch auf der ersten Stufe *ä̂*.
Wir erhalten also (cf. Weinhold, mhd. Gr.[1] §§ 89, 94, 103):
näl Nagel, dazu *nälchə* Nelke, engl. *nail*.
mät Magd ahd. *magud*. Im Nhd. und auch schon im Mhd. ist
das Wort in *meit*, *maid* und *maget*, *magd* differenzirt.
Hierher gehört auch die schwache Praeteritalbildung *drädə*
zu mhd. *tragen*, welche sg. fast allein üblich ist, ferner die
2. Pers. Sing. Ind. *dräst*, sowie das unter den Compositis besprochene *drävrliv* „Tragbahre".

-*ege*- lag vor in:
fläl „Dreschflegel" ahd. *flęgil*, engl. *flail*;
snäl „Schnecke", auch sonst nhd. dial. *Schnegel* (Kluge[1] 311).
mhd. *snęgel*, engl. *snail*.

Folgte dem ausgefallenen -*ge*- ein flexivisches *n*, so hat
dieser Nasal das *ä̂* zu dem geschlossenern *æ̂* gewandelt. Die
Contraction des *ai* muss also eingetreten sein, ehe das schliessende
-*n* abfiel. Wir haben:
dræ̂ tragen; *glæ̂* klagen; *sæ̂* sagen; *jæ̂* jagen; *væ̂* Wagen;
hæ̂c „Hauberg", eigtl. „Hain" aus mhd. *hagen*, dazu *hæepəədə*
„Hagebutte", dessen letzter Bestandteil, hier scheinbar an
pòədə mhd. *pföte* angelehnt, den Stamm von got. *baútan*, ahd.
pôzan und die Gunastufe zu mhd. *butte* enthält, vgl. roman.
Wörter wie frz. *bouton* Schade[2] 1, 81; Vilm. 160; ferner
haben wir:
læ̂ legen; *fæ̂*, eigentl. fegen, „Korn von der Spreu sondern";
gæ̂ gegen; *zəgæ̂* „entgegen"; *ræ̂* Regen; *ræ̂n* regnen; *gəsæ̂n*
gesegnen.

Geht dem -*ge*- ein andrer Vocal als *a* und *e* voraus, so
tritt die Synkope nicht ein:
blåōjə plagen; *vaōjə* wagen; *ræ̂ōj* Wage; *lėjə* lügen mhd. *liegen*;
lėj Lüge; *lėjjə* liegen mhd. *ligen*.

Im schriftspr. *schlagen* ist das *g* im Infinitiv falsche Analogiebildung. Hier stand urspr. *h*, das nach dem Vernerschen
Gesetz (Braune, ahd. Gr.[2] §§ 100 ff.) mit *g* wechselte. Im Sg.
haben wir die lautgesetzlichen Formen bewahrt, da das Part.
zwar *gəsläc̈* lautet, also Synkope hat, der Infinitiv aber als

šlaô erscheint, das auf mhd. *slahen*, ahd. *slahan* lautgesetzlich beruht und Contraction zeigt wie auch ndl. *slaan*, agls. *sleán*. Daneben erscheint allerdings die falsche Bildung *šlaê*, wenn auch seltener. Ausfall des *-ge-* haben wir auch in *mǫrn* „morgen“, wo wir schon mhd. neben *morgene* ein *morne* vorfinden.

Nebensilben, welche in historischer Zeit nicht mehr als Stammsilben vorkommen.

Grösser als in den Nebensilben, welche in der Sprachgeschichte noch als Stammsilben nachweisbar sind, ist natürlich die Verschleifung der Vocale in denjenigen nebentonigen Silben, welche schon in altgerm. Zeit zu eigentlichen Nebensilben herabgesunken waren. Dies gilt allerdings nur absolut genommen, denn relativ ist die Schwächung der in historischer Zeit zu Nebensilben gewordenen Hauptsilben bedeutend grösser. Auch bei diesen eigentlichen Nebensilben sind die Volksmundarten im Allgemeinen der Schriftsprache in der Entwicklung voraus, doch zeigt sich in einigen Fällen die Volkssprache conservativer als das Gemeinhochdeutsche der Schrift, wie wir nachher im Einzelnen sehn werden. Im Ganzen darf constatirt werden, dass diese alten Nebensilben, wenn sie nicht ganz geschwunden sind, fast durchgängig das *ə* als Silbenvocal aufweisen. Nach Vorgang von Weinhold (kl. mhd. Gr.[2] § 52) teilen wir die Nebensilben ein in flexivische, suffixale und praefixale, und es empfiehlt sich, sie in dieser Reihenfolge auch hier zu behandeln, wenn wir dann auch mit den lautlich ärmsten beginnen müssen.

Flexionen.

Die Flexionen haben von allen Nebensilben die geringste Lautfülle und sind heute auch in der Schriftsprache meist gänzlich geschwunden.

Beim Substantiv ist im Sg. die Verwirrung, welche zwischen der starken und der schwachen Flexion eingerissen ist, noch viel grösser als in der Schriftsprache. Im Sg. sind die Grenzen

zwischen starker und schwacher Flexion häufig dadurch verwischt, dass das ə der starken Endungen bald abgestossen,
bald erhalten wurde, während das -en der schwachen Substantiva nur nach Liquida als -n, sonst aber ebenfalls unter Abstossung des n als -ə erscheint. Dazu kommen die Lautab-
stossungen, welche wir als Apokope und Synkope oben behandelt haben.

Von Casussuffixen, deren die nhd. Schriftsprache wenigstens
noch zwei, das -s des starken Gen. Sing. und das -n des Dat.
Plur., aufweisen kann, ist im sg. Dialekt nichts geblieben. Wir
haben daher überhaupt beim Substantiv nur zwei Formen, eine
für die Einzahl und eine für die Mehrzahl, und auch diese sind
häufig zu einer einzigen vereinigt.

Die Masculina zeigen nun im Sg. ungefähr dieselben Verhältnisse wie in der Schriftsprache. Abweichend vom Nhd.
haben wir sg. die Endung bewahrt. in lǖemə, lȧimə „Lehm"
mhd. leime, ahd. leimo; bušə „Bund Stroh" entspricht vielleicht
dem neben gemmhd. bûsch stehenden md. pusche (Weinhold,
mhd. Gr. [1] § 431). Ganz unorganisch ist -ə in ȧrmə Arm ahd.
ar(a)m, got. arms. Von alten ja-Stämmen hat hirdə Hirt den
alten Vocal bewahrt, während kȧẽs, reiz ihn verloren haben;
in der Schriftsprache ist es umgekehrt.

Die Feminina sind im Sing. im Sg. wie in der Schriftsprache durchweg stark flectirt. Abweichend von der Schriftsprache hat die sg. Mundart den Endungsvocal abgeworfen.
So haben wir: baȯər Bahre, γȧȯv Gabe, häll Hölle, sȧɔl Seele,
sorj Sorge, šdrǫmm Stimme, vȧȯȥ Wage, fȧȧʲrš Ferse, ȧ͜ər Ehre,
fȧrə Farbe, ferner die nspr. schwachen Substantiva nȧs Nase.
ris Weise (beide auch stark), rȧs Base, γall Galle. ȥun Zunge.
sonn Sonne, švalv Schwalbe, (daneben die Neubildung švalvy),
rȧʲj Wiege. Wie in der Schriftsprache das alte masc. stange
ahd. stango, so trat im Sg. ausserdem noch ahd. rabo, mhd.
rabe zu den Femininis über: šlav Schlange, rȧv Rabe. Erhalten
ist -ə nur in den drei ja-Stämmen γȧərdə Gerte ahd. kertja, ferner
γrẹbbə Krippe ahd. chripha, sowie brẹckə ahd. prucca aus
*brukkja; endlich auch in hẹlfə Hilfe ahd. hilfa, hëlfa.

Bei den Neutris haben auch einige i-Stämme im Gegensatz zum Nhd. der Schriftsprache die Endung als -ə bewahrt.
Es sind

glęckə Glück mhd. *gelücke*;
šdęckə Stück mhd. *stücke*, ahd. *stucchi*;
gritzə Kreuz mhd. [*kriuz* und] *kriuze*, ahd. *chrûzi*;
büddə Bett mhd. *bette*, ahd. *betti*;
gərꜰsdə Gerüst mhd. *gerüste*, ahd. *girusti*.
Daran schliessen sich noch:
harzə, hëꜰrzə Herz mhd. *hërze*, ahd. *hërza*, got. *hairtô*, und
dꜰəmə „Ding“, auch „Frauenzimmer“, ahd. *dinc*, wo -*ə* ganz unorganisch ist.
In *gəsꜰchdə* „Gesicht“ liegt die md. Nebenform *gesichte*
(Schade [1] 1, 267) zu ahd. *gasiht* vor.
Beim Plural ist zunächst gegenüber der Schriftsprache eine
kolossale Ausbreitung der urspr. neutr. Endung -*er* zu vermerken, welche sg. allerdings, mit einer einzigen Ausnahme
(*bűꜰspmꝛ* Besen), nur Neutra betroffen hat.
Wir nennen beispielsweise:
ꝛortꝛ Worte, *ënnꝛ* Enden, *harzꝛ* Herzen, *dꜰəꝛ* Dinge, *diərꝛ* Tiere,
märrchꝛ Mädchen, *gritzꝛ* Kreuze, *šdꜰckꝛ* Stücke, *băddꝛ* Betten,
hꜰmtꝛ Hemden.
Manchmal bleibt vor dem später angefügten flexivischen
-*er* der Umlaut aus:
hornꝛ Hörner, *loχꝛ* Löcher, *lammꝛ* Lämmer, *lannꝛ* (neben *lënnꝛ*
s. pg. 14) Länder, *bannꝛ* Bänder, *qalꝛꝛ* Kälber, *rárꝛ* Räder,
blärꝛ Blätter, *märtꝛ* Märkte.
Andrerseits haben wir sg. *šdrichə* für Sträucher.
Wo die starke Declination sonst *e* hatte ist dies als -*ə* im
Sg. erhalten. Wir haben *gäsdə* Gäste, *kënijə* Könige, *hirdə*
Hirten (mhd. noch *hirte*), *gräfdə* Kräfte, *hälzə* Hälse, *haifə* Haufen
(sg. sing. *hauf*, mhd. *houf*).
Dazu kommen die Plurale der schwachen Flexion, welche
lautgesetzlich *n* abstossen, *ə* aber erhalten: *fänə* Fahnen, *ꝛrꝛə*
Erben, *zuꝛə* Zungen, *äuꝛə* Augen, *siddə* Seiten, ebenso *glꝛqqə*
Glocken, *fraꝛə* Frauen, *näsə* Nasen, welche, urspr. schwach flec-
tirt, seit dem 13. Jahrhundert zur starken Declination neigten.
(Weinhold, kl. mhd. Gr. [2] § 165).
Starke Einbusse erlitt dieses *ə* durch Apokope: *sꜰnn* Sünden,
hꜰnn Hände, *hꝛnn* (daneben neuerdings umgelautetes *hꝛnn*) Hunde,
pâr, päꜰər Pferde, *hë* Hüte, *flëꜰ* Flöhe, *kë* Kühe, *rëꜰ* Rehe, *băį*
Beine, *dái* Tage, *gráj* Kragen, endlich noch *gnë* Knie. Synkope

haben wir noch in *ræ̃n* Wagen, *birn* Birnen, *dẽrn* Dornen. Der
blosse Umlaut genügte als Pluralzeichen in *bǽm* Bäume, *pasdèər*
Pastoren.

Unter Ausfall des Endungsvocals blieb das schliessende *n*
der schwachen Plurale erhalten nach Liquiden. Zu diesen
ursprünglich schwach flectirten Substantiven sind aber dann
überhaupt fast alle auf Liquida ausgehenden Stämme über-
getreten, die ihr *ə* im Nhd. der Schriftsprache meist abgeworfen
haben. Wir haben also nicht nur *γávln* Gabeln, *hẽln* Höhlen,
faqqln Fackeln, *ôərn* Ohren, *fẽərrn* Vettern, *nárn* Narben,
nicht nur *šdráöln* Strahlen, *miərn* Mauern, *doqtrn* Doktoren,
sondern auch *šẽisln*, eigtl. „Scheusale", sg. aber „Vogel-
scheuchen", *maizln* Meissel, *kiln* Keile, *šdevln* Stiefel, *flä̈ln*
Flegel, *läffln* Löffel, *ëvln* Engeln, *gəvẹrrn* Gewitter. Auch in
den Nominibus agentis auf *-r* mhd. *-aere* beginnt das *-n* im
Plural sich einzuschleichen, neben *bäckr* kommt ein Plural
bäckrn, neben *miərr miərrn* auf. In andern Wörtern dieser
Art ist *-n* schon völlig fest, so in *léərrn, šnirrn, šustrn*. Nur
sehr vereinzelte Substantiva haben sich dieser Formenüber-
tragung entzogen wie *näl* Nägel, *mëntl* Müntel, *pǽl* Pfähle.

Das Ziel dieser eigenartigen Behandlung der Plurale im
Sg. ist offenbar, die schwache und die starke Form derart zu
verteilen, dass die schwache Flexion den Stämmen auf *r* und *l*,
die starke allen andern zukommt. Aehnliche schematisirende
Triebe werden wir beim Verbum beobachten.

Bei den Adjectiven bemerken wir zunächst. dass die un-
flectirte Form einer Anzahl ehemaliger *ja*-Bildungen im Sg.
im Gegensatz zur Schriftsprache das ahd. *-i*, mhd. *-e* als *-ə* bewahrt
hat. Es sind im Wesentlichen :

richə „reich" mhd. *riche*, ahd. *rîhhi*;

fäsdə „fest" mhd. *veste*, ahd. *festi*;

lẹchdə „leicht" mhd. *lîchte*, ahd. *lîhti*. Das *i* der Stammsilbe
muss hier sehr früh gekürzt worden sein, da sonst sg. **lîchdə*
stehn müsste ;

sèzə „süss" mhd. *süeze*, ahd. *suozi* ;

vésdə „wüst" mhd. *wüeste*, ahd. *wuosti*;

fẹchdə „feucht" mhd. *viuhte*, ahd. *fiuhti*. Auch hier erklärt sich die Senkung des Stammsilbenvocals im Sg. aus sehr früher Kürzung desselben (s. *frenn* „Freunde" pg. 101); *decka* „dick" mhd. *dicke*, ahd. *dicchi*; *ëŋga* „genau", „sorgfältig" wie auch mhd. *enge*, ahd. *angi*, daneben *ëŋ* „eng"; *dechala* „dicht" entspricht in der Stammsilbe schriftspr. nhd. *dicht*, in der Endung mhd. *dihte*. Auch hier muss in der Stammsilbe sehr früh Verkürzung eingetreten sein; vgl. auch nhd. dial. *deicht* (Kluge ⁴ 53).

Andrerseits lautet ahd. *flucchi*, mhd. *vlücke*, nhd. *flügge* im Sg. *fleck*.

In *garâra* „gewahr" ahd. *giwar* und in *glicha* „gleich" ahd. *gilih*, engl. *like* ist -*a* unorganisch neu angetreten.

Von den flectirten Formen des Adjectivs betrachten wir die schwache zuerst. Da hier *n* im Auslaut überall abfiel, *a* aber in allen Casus erhalten blieb, ergibt sich für alle Fälle des Sing. wie des Plurals die Endung -*a*: *dr blęonna mâ* „der blinde Mann", *dr graŋga frau* „der kranken Frau", *da ärma kęonr* „die armen Kinder".

Die starke Form stimmt im Wesentlichen mit den Verhältnissen der Schriftsprache überein. Im Nom. Sing. haben wir masc. -*r*, fem. -*a*. Das Neutrum ist nach dem unbestimmten Artikel ohne Endung, sogar die oben aufgeführten *ja*-Stämme verlieren dabei ihr -*a*. In anderer Stellung hat auch das neutrale starke Adjektiv seine Endung -*at* bewahrt. Wir haben also *ŋ blęonr mâ* „ein blinder Mann", *ŋ graŋga frau* „eine kranke Frau", *a ärm kęant* „ein armes Kind", *a deck bôχ* „ein dickes Buch", dagegen *ral fâoor a kęant?* Antwort: *a ärmat*, („was für ein Kind?" „ein armes"), ferner *dat bôχ ęoss decka* „das Buch ist dick". Im Dat. Sing. ist, wie in der nhd. Schriftsprache, nach dem unbestimmten Artikel die schwache Flexion eingetreten: *ŋ blęonna mâ, r graŋga frau, ŋ ärma kęont*. In den seltenen Fällen, wo die Dativform sonst erscheint, haben wir die regulären Endungen: masc. neutr. -*ŋ*, fem. -*r*, also *fâ glâim kęont off* „von Kind auf", *fâoor lavr zitt* „vor langer Zeit". Der Acc. Sing. lautet gleichmässig für Masc. und Femin. auf -*a* aus, während er beim Neutrum wie der Nominativ lautet. Im Plural endlich haben wir für alle Geschlechter und Casus die Endung -*a*: *blęonna männr, graŋga frays, ärma kęonnr*.

Bei der Betrachtung der Verbalendungen gehn wir aus
vom Infinitiv. Abgesehen von den Verben, welche Synkopirung
erleiden und ihr schliessendes *n* ohne weiteres abwerfen, ist
hier durch Beibehaltung oder Abstossung des flexivischen *n*
und gleichzeitig durch consequentes Fallenlassen des Endungsvocals, wenn *n* blieb, Erhaltung desselben, wenn *n* abfiel, eine
so starke und strenge Differenzirung der Formen eingetreten,
dass man zwei völlig getrennte Typen vor sich zu haben
glaubt. Unter Ausfall des Flexionsvocales bleibt nun -*n* erhalten
nach *n* und den beiden Liquiden *l* und *r*: *nĕnn* „nennen", *šbeᴣnn*
„spinnen", *rᴣᴐnn* „rinnen", *faln* „fallen", *maln* „mahlen", *mãᴑln*
„malen", *ᴠonn* „wollen" (aus **voln*), *vẽᴐrn* „wehren", *šbarn*
„sperren", *fãrn* „fahren".

Das *ᴐ* blieb erhalten, während *n* abfiel, nach allen andern
Consonanten, ausgenommen die Fälle, wo Synkope eintrat (s. o.):
lãᴠᴐ „leben", *griffᴐ* „greifen", *hẽᴐlfᴐ* „helfen", *dẽᴐrfᴐ* „dürfen",
lãufᴐ „laufen", *šbẽïᴐ* „speien", *lĕjᴐ* „lügen", *brẽᴐχᴐ* „brechen",
ralkᴐ „walken", *bĕrᴐ* „bieten", *rãorᴐ* „raten", *haïzᴐ* „heissen".
rᴣᴐzzᴐ „wissen", *fléchdᴐ* „flechten", *hãlᴐ* „halten", *beᴣnnᴐ* „binden", *fãlᴐ* falten", *nẽᴐmmᴐ* "nehmen", *qommᴐ* „kommen".

Im Praes. Ind. gelten im Sg. für die Flexionssilben im
Allgemeinen dieselben Vocale wie in der Schriftsprache. Wir
haben demnach Vocalschwund in der 2. und 3. Pers. Sing. und
der 2. Pers. Plur., z. B. *dü nemst* „du nimmst", *hãe fẽᴐrt, iᴐr
hẽᴐlft*. Nur nach Muta + Dental bleibt der Vocal erhalten:
dü biršdᴐst „du bürstest", *iᴐr fléchdᴐt* „ihr flechtet". In der
1. und 3. Pers. Plur. haben wir, wie in der Schriftsprache, dieselben Formen wie im Infinitiv, also zwar *miᴐr lãᴠᴐ, si hẽᴐlfᴐ*,
aber *miᴐr fãrn, miᴐr ᴠonn, si faln*, ferner auch *miᴐr zĕ, si drãe*.
Auffällig ist die 1. Pers. Sing. behandelt. Schon in mhd. Zeit
sehn wir in allen hd. Gebieten, besonders aber im Md. und
zwar wieder hervorragend in rip. Mundarten, hier bei allen
Verben an das Endungs-*ᴐ* ein *n* antreten, welches die schwachen
Verba der 2. und 3. Klasse in den Endungen -*ón, -on, -ĕm, -en*
schon im ahd. Zeit durchweg aufgenommen hatten. (Wülcker
pg. 32. Weinhold. mhd. Gr. ¹ §§ 350, 378, ² § 367. Kl. mhd. Gr.²
§ 115. Al. Gr. § 339. Bair. Gr. § 280.) Wir erblicken in dieser Erscheinung eine Reaction des Sprachbewusstseins zu gunsten der
bindevocallosen Verbalbildung, der griech. Verben auf -*μι*, die

im Hd. in einigen Resten wie *ih bin, tuon, gân, stân* erhalten
geblieben, sonst aber, wie in den meisten andern westidg.
Sprachen, gänzlich durch die Bildung mit Bindevocal (griech.
Verba auf -*ω*) ersetzt war, obwohl in idg. Zeit beide Formationen
gleichberechtigt nebeneinander gestanden haben müssen. Im
Volksmund muss diese Neubildung in mhd. Zeit eine sehr grosse
Verbreitung gehabt haben, auch sogar im Reim ist sie nicht selten.
(Weinhold, mhd. Gr. ¹ § 350). Auch noch heute ist sie in verschiedenen rip. Mundarten, wie dem Bergischen und Saynischen, durchaus die Regel (Heinz. pg. 54 f.). Ebenso muss sie im Sg. früher
die Alleinherrschaft erlangt haben, denn wir schn die erste Pers.
Sing. Ind. Praes. hier nicht nur genau so behandelt wie den
Infinitiv — also -*n* nach *n, l, r,* -*ə* nach den andern Consonanten
— sondern wir haben das -*n* auch bei den Verben, welche das
-*ə* bewahren, in dem Falle erhalten, wenn auf die Verbalform
ein enklitisches Pronomen mit vocalischem Anlaut folgt. Ebenso
ist es nach Heinz. in der westerwälder Mundart. -*ən* wird dabei selbstverständlich zu -*u*. Wir haben also *ęch hálə* „ich
halte", aber *ęch fárn* „ich fahre", dagegen nicht nur *fárn ich?*
„fahre ich?", sondern auch *hálu ich?* „halte ich?", *ęch śriru
m* „ich schreibe ihm", *ęch dön ət* „ich tue es". Dass dieses
-*n* kein *n ἐφελκυστικὸν* sei, lehrt, wie schon Heinz. pg. 55
zeigte, der Imperativ, der es nie aufweist: *dǒ ət* „tu es";
sä ət „sage es". Die einzige Ausnahme *ęch vęəll* „ich will"
zu Inf. *vọnn*, 1. Pers. Pl. *miər vǫnn* erklärt sich aus dem
Wechsel zwischen hellem und dunklem Vocal in der Stammsilbe.

Der Conj. Praes. fehlt dem Sg.

Was das starke Praeteritum angeht, so hat der sg. Dialekt
auch hier meist den Lautstand des Nhd. der Schriftsprache.
Es ist also der Flexionsvocal geschwunden in der 2. Pers. Sing.:
holfst, hólst. lóʒst, fúərśt, śdólst etc. In der 1. und 3. Pers. Pl.
haben wir zwar ähnliche, aber doch nicht dieselben Verhältnisse wie in den entsprechenden Formen des Praesens und im
Infinitiv. Hier ist der Flexionsvocal nur nach *r* geschwunden;
wir haben daher zwar *fúərn, śrúərn,* (woneben auch *fúərə,
śrûərə* vorkommen), aber immer *fölə, śdólə, rǫnnə, śbǫnnə* wie
natürlich *hólə, hǫlfə, rérə, nǎōmə, qaǒmə.* Sg. st. -*u* in diesen
Formen beruht wohl auf schriftspr. Einfluss. Auffälligerweise
haben alle starken Praeterita den Flexionsvocal als -*ə* bewahrt

in der 2. Pers. Pl., ja hier sogar, der bequemern Aussprache
wegen, vor demselben ein *d* eingeschoben; z. B. *fŭərdət, földət*
(= „fühltet" und „fielet"), *holfdət, naŏmdət, drŏʒdət* (neben
drädət), γaŏvdət, hŏvdət u. s. w.

Der Conj. des starken Praeteritums unterscheidet sich von
dem Ind. nur durch den Umlaut, die Flexionen sind dieselben.
Das schwache Practeritum hat stets den Flexionsvocal
bewahrt und nur schliessendes *n* abgestossen: *ech nandə, dŭ
lŭĕrdəst, miər vŭrdədə, iər flêchdədət*.
Der Imp. ist in der 2. Pers. Sg. gewöhnlich auch bei
schwachen Verben ohne Flexionsvocal. Derselbe hat sich als
-ə nur erhalten nach Cons. + Dental: *rêchdə dich* („betrage dich
ordentlich"), *vŭrdə* „warte"; sonst *sech* „suche", *fĕl* „fühle",
dŏ, neben *dĕ* mit auffallendem Umlaut, der sich wohl aus Anlehnung an die 1. schwache Conjugation erklärt. Die 2. Pers.
Plur. Imp. lautet gleich der entsprechenden des Praesens.

Suffixe.

In den Suffixsilben, wo mhd. sogar noch lange Vocale nicht
selten waren, herrscht heute im Sg. fast durchaus der irrationale Vocal resp. Nasalis oder Liquida sonans. Wir haben also
hɛrvəst „Herbst". mhd. *herbest*; *mɛsdə* „Miststätte", frk. *misten*
ans **mistina* (Kluge⁴ 234); *hɛʋkl̩* „Küchlein" (s. pg. 72), *šĕįsl̩*
„Vogelscheuche" (s. pg. 99); *bäesm̩* „Besen" mhd. *bĕseme*; *fŭrm̩*,
daneben schon häufiger *farm* „Faden" mhd. *vadem*; *brŏrr̩*
„Bruder"; *säɛr̩* „Geifer (s. pg. 87); *aŏʒt̩* „Abend"; *doʊst̩*
„tausend".

In mehrern Fällen hat der sg. Dialekt den Suffixvocal
besser bewahrt als die Schriftsprache. Dahin gehören ausser
hɛrvəst „Herbst" noch *bĕįl̩* „Beil" mhd. *bihel*, ahd. *bihal*; *ĕįl̩*
„Eule" mhd. *iuwel*, ahd. *ŭwila*; *lĕįjəŋr̩* „Lügner" mhd. *lügenaere*,
ahd. *lŭginâri*; sg. st. *Mɛddəvoχə* „Mittwoch", eis. *Mɛttvoχə*, mhd.
mittewoche, ahd. *mittawëcha*.

Andrerseits sind im Sg. auch ganz schwere Suffixe auf
die tiefste Vocalstufe herabgesunken. Dahin gehört vor allen
das Nomina agentis bildende ahd. *-âri*, mhd. *-aere*, welches ja
auch in der nhd. Schriftsprache als *-er*, in der Aussprache sogar
als *-r̩* erscheint. Wir haben also sg. *bäckr̩, šnĭrr̩, lĕərr̩* etc. Der

Vocalstufe nach ganz verwandt ist das mhd. Adjectivsuffix
-*baere*, welches die nhd. Schriftsprache als -*bar* aufweist. Sg.
lautet es -*br*: *qossbr* „kostbar" mhd. *kostebaere*; *ęrvr* „ehrbar"
mhd. *êrbaere*, das schon in sg. Urk. (187, 211) als *erbern* erscheint. Vereinzelt steht *ârvət* „Arbeit" mhd. *arebeit*.
Andre schwere Suffixe haben auch im Sg. ihren vollen
Vocal bewahrt, z. B. *lāngsam* „langsam", *ainrlái* „einerlei",
„gleichgültig", (dagegen *áirlai* „gleicher Art").
Im Gegensatz zu vielen andern deutschen Volksmundarten
hat das Sg. den Suffixvocal bewahrt in der weiblichen Endung
-*in*, mhd. -*innc*. (Behaghel P. G. I, 3, pg. 574.) Wir haben *kḗchin*
„Köchin", *maistrrin* „Meisterin", *kḗnijin* „Königin".
Der irrationale Vocal erscheint als *i* vor palatalen Lauten.
Schon beim *i* beobachteten wir die Verwandtschaft dieses
Vocals mit *v*, dem palatalen Nasal, die auch sonst sich häufig
zeigt. (Weinhold, kl. mhd. Gr.² § 52. Behaghel P. G. I, 3, pg. 572.)
Wir wundern uns also nicht, wenn die Abstracta bildende
Suffixsilbe nhd. -*ung*, mhd. *unge* als -*iv* im Sg. stets erscheint,
z. B. *rḗəchniv* „Rechnung", *ziriv* „Zeitung", *bəkléəriv* „Beklei-
dung", *vôniv* „Wohnung". cf. Weinhold, mhd. Gr.¹ § 259.
Von ausserordentlicher Beliebtheit ist im Sg. das Adjectivsuffix -*ich*. Es erscheint sehr oft an fertige Adjectiva neu
angehängt, wie in *vaqqrrich* „wach", eigtl. „wacker" mhd. *wacker*;
əlḗnnich „elend" mhd. *ellende*; *lḗərich* „leer" mhd. *laere*; *bon-
dich* „bunt" mhd. *bunt*; *grisich* „greis" mhd. *gris*; *frəsmḗəlkich*
„melk", mhd. *mëlc*. Das Suffix -*ich* dient ferner dazu, das offenbar unbeliebte Participialsuffix -*ent* zu ersetzen. Das geschieht
in (cf. Heinz. pg. 91): *glḗnzich* „glänzend", *naqqich* „nackend",
vôrich „wütend", *flḗrich* „flutend", *râosich* „rasend", *glênich*, verstärkt *glḗnëndich* „glühend", *vôlich* „wühlend", *lḗvich* „lebend"
u. a. m. Die Endung -*ich* fällt sg. ab in *sêəlich* „selig" vor Ver-
wandtschaftsnamen z. B. *miv sêəl môrr* „meine selige Mutter",
miv sêəl âbə „mein seliger Grossvater" etc.
Wie schon in mhd. Zeit verliert heute im Sg. das Suffix
-*iš* sehr häufig seinen Vocal (cf. Weinhold, kl. mhd. Gr.² § 52).
Das zeigen *ålš* „verkehrt" (s. pg. 13), *hebš* „hübsch", *ditš*
„deutsch", *rälš* „welsch", ferner *kenš* „kindisch", (*kenšə* „kindisch werden", von alten Leuten gesagt), *əbelš* „eingebildet".
Auch das Masculinsuffix ahd. -*vh* erscheint sg. ohne Vocal:

abch „Hanswurst" (s. *äbš*). *habch* „gieriger Mensch" von der Wurzel *hab-* „haben", *fulch* „fauler Kerl" von *full* „faul". *šdubch* „kleiner Mensch" zu *šdubb* „stumpf" u. s. w. vgl. Weinhold, mhd Gr.[1] § 261.

Erwähnung verdienen noch einige Nominalsuffixe des siegenschen Dialekts, welche in der Schriftsprache nicht oder doch in anderer Verwendung erscheinen. Hierher gehört zunächst das Masculin-Suffix -*əz*, welches mit dem bei den Eigennamen besprochenen lat. -*us* des Kalendernamens nichts zu tun hat (Heinz. Wb. pg. 23 f.), dagegen wohl identisch ist mit der Endung, die von Eigennamen Koseformen bildet, wie sie in ahd. *Lazo, Uozo* etc., in nhd. *Fritz, Heinz, Kunz* vorliegen. (Grimm, dt. Gr.[2] III, 664 ff.; Weinhold, mhd. Gr. § 248; Kluge. nom. Stbildl. § 60; Vilmar, dt. Namenbüchlein[3] pg. 10; Steub: „Ueber dt. und zunächst bayr. Familiennamen" pg. 15; Stark: „Kosenamen der Germ." pg. 57, 63, 75 ff.). Die älteste historische Form des Suffixes haben wir in -*izo* der ahd. Namen *Hugizo, Sigizo* u. s. w. In den spätern Formen *Sizo, Frizo, Hazo* u. ä. ist das *i* durch Synkope entfernt; als letzte Spur desselben zeigt sich zuweilen Umlaut, wie in *Götz* zu *Gottfrid.* Im Sg. behielt dieses -*izo* sein *i* bei, warf jedoch den schliessenden Vocal ab, worauf *z* im Auslaut sich zu *z* sibilirte, eine Erscheinung, die ja sowohl md. wie obd. nicht ungewöhnlich ist (Weinhold, mhd. Gr.[1] §§ 186 ff.); vgl. sg. *bajaz* „Bajazzo", „Hanswurst". Das *i* sank dann zu *ə* herab. doch zeugt der im Sg. ziemlich häufige Umlaut von seinem längern Leben. Ausserdem wurde das Suffix im Sg. von den Eigennamen auf die Gattungsnamen übertragen, wie ja auch z. B. die Suffixe -*bold*, -*ulf*, -*hart*, -*rih*, welche ursprünglich den Eigennamen gehörten, häufig von Appellativen übernommen wurden. Auch das so gewöhnliche dimin. Suffix -*ilo* gehört ja eigentlich dem Nomen proprium an. (Kluge, nom. Stbildl. §§ 32, 56). Natürlich erfährt bei dieser Uebertragung auch die Bedeutung eine kleine Verschiebung. Jenen Koseformen ist von Anfang an ein Beigeschmack des Spöttischen eigen, der in einigen der oben genannten Eigennamen auch heute noch mehr oder weniger von uns empfunden wird, und diese Bedeutung, mit dem Nebensinn des Tadelnswerten versehen, ist der Grundbegriff des Suffixes -*əz* im Sg. Charakte-

ristisch ist dabei, dass die Bildungen auf -ɔʒ immer nur mit
kleinen geistigen oder körperlichen Schwächen und Fehlern,
nie aber mit schweren Lastern oder Gebrechen behaftete Menschen bezeichnen, dass sie also immer etwas Gemütliches behalten, das der alten Koseform nahe bleibt. Immerhin scheint
die tadelnde Bedeutung sich doch so scharf ausgeprägt zu
haben, dass man die Endung in ihrer alten Function bei Eigennamen nicht mehr als verwendbar erachtete. Daher fehlen bis auf
das wohl nachträglich importirte *Fritz*, *Fretz* diese Koseformen,
wie schon oben (pg. 115 f.) erwähnt wurde, dem Sg. gänzlich.
Sehr gefördert wurde die Uebertragung des Suffixes von Eigennamen auf Appellativnamen und Ausstattung desselben mit jenem spöttisch tadelnden Sinn auch besonders dadurch, dass die
Volkssprache, in ihrem Streben nach concreten Bildern, sehr
oft die Eigennamen selbst in ähnlicher Weise verwandte, worauf
schon Heinz. (Wb. pg. 24) hingewiesen hat. Er citirt dort u. a.
sg. *grôɔʒhanʒ* „Grosshans", „Prahler": *luʒbaldɔs* „Lügner"
(*Baldɔs* = *Sebaldus*, hier vielleicht an -*bold* angelehnt); *suffbäst-
chɔ* „Saufnus" (*Bästchɔ* = Dimin. von Sebastian). Andre Eigennamen sind ohne weiteres zu Gattungsnamen der bezeichneten
Art geworden, haben dann allerdings, da ja der determinirende
Appellativbegriff fehlt, eine etwas vage Bedeutung. So lässt
sich beispielsweise der Sinn von *dinnɔs* (= Martinus sg. *Mar-
dinnɔs*) kaum definiren, *linɔs* (= Crispinus) bezeichnet etwa
„einfältiger Mensch". Vielleicht lehnte man die Bedeutung
dieser Nomina an hervorstechende Charaktereigentümlichkeiten
von allgemein bekannten Trägern dieser Namen — hier vielleicht des hl. Martin, des Schutzpatrons der Stadt Siegen, und
des sicher ebenso allgemein bekannten hl. Crispinus — an. Ebenso konnte z. B. *dɔmmɔʒ* „dummer Mensch" sehr leicht an Thomas
sg. *Dɔmmɔs* angeschlossen werden. In *rabɔllɔʒ* „wüster Mensch"
(Heinz. Wb. pg. 23) liegt vielleicht das im Mhd. zu einer Art
Eigennamen gewordene *Roubolt* (Schade ² II, 725) in verstümmelter Form vor, das wir vielleicht auch in dem kölnischen
Raban vor uns haben. Zu nennen ist auch noch *drickeʒ*, köln.
= Henricus, sg. etwa „dummer Mensch". Die alte Bedeutung
der Koseform ist noch bewahrt im sg. *snuqqɔʒ*, das neben
„Leckermaul" noch häufiger „Liebling" bezeichnet. Der Stamm
ist der von sg. *snuqqɔ* „schlecken", *snuqqln* „saugen", ww.

schnauken, das auf eine Wurzel *snûq-* zurückgeht, welche, durch Dentalismus des *q* modificirt, auch vorliegt in nhd. dial. *schnaussen*, mhd. *snûzen* (Kluge⁴ 311); vgl. auch den sg. Familiennamen *Schnutz*. Koseform ist auch offenbar die Bildung *mënnəz* zu mhd. *man*, das männliche Seitenstück zur Puppe bezeichnend. In den meisten Bildungen überwiegt die tadelnde Bedeutung z. B. in *mäckəz* (s. pg. 21 f); *lälləz* „Schwätzer" zu *läln* mhd. *lallen*; *švalkəz* „Faulpelz, der sich reckt und streckt", verwandt mit mhd. *swalch*; *bläckəz* „Schreihals" zu *bläekə* „schreien" nhd. *blöken*; *šlâqəz* „langer Mensch", abgeleitet von der unnasalirten Wurzel von nhd. *schlank*, md. *slanc* „mager", die vorliegt in as. *slak*, ahd. *slack* „locker" (Schade² II, 818); *šdambəz* „kurzer dicker Mensch" von ahd. *stamph* „Klotz" (Schade² II, 863), cf. sg. *šdambəzgôçə* „Kuchen aus gestampften Kartoffeln"; *dubbəz* „ungeschickter Mensch" zu mhd. *tappe* (Kluge⁴ 351); *labbəz* „läppischer Mensch" zu mhd. *lape, lappe*, von demselben Stamm mit Nasalirung und Umlaut in derselben Bedeutung *lëmbəz*; *daôqəz* „ungeschickter Mensch" von mhd. *locke*, ahd. *toccha* „Klotz" (Schade² II, 944); *šaôqəz* „Mensch mit ungeschicktem Gang" zu sg. *šáqə* (s. pg. 15), as. *scacan*, an. *skaga* die Hochstufe enthaltend (Schade² II, 773); *gnolləz* „Grobian" gehört wohl zu nhd. *Knolle*; *delləz, dölləz* „dummer Mensch" zu mhd. *tol*; *gâôqəz* „langer ungeschlachter Mensch" enthält vielleicht die Hochstufe zu ahd. *kak* „Pranger", „Pfahl" (Schade² I, 468). In *jilləz* „schielender Mensch", gewöhnlich *šäelr jilləz*, ist wohl anlautendes *sch* vor *i* zu *j* erweicht, so dass es sich zu mhd. *schilen, schilhen* stellt, vgl. dazu sg. *jickln*, neben *šibbln* Iterativbildung zu mhd. *schicken*, Wurzel *skiq-*. Unklar bleiben *dilkəz, dülkəz* „ungeschlachter Mensch", *bambəz* „dummer Mensch". Durch falsche volksmässige Etymologie sind unter diese Bildungen geraten *driraz* „einfältiger Mensch", urspr. = „Dreifuss" (s. pg. 109); *həsbəz* „gutmütig dummer Mensch", wahrscheinlich das lat. *hospes*.

Auch ein eigentümliches weibliches Suffix ist hier zu besprechen, das heute in der Form *-zə* im siegerländer Dialekt auftritt. Da es nur an dental ausgehende Stämme antritt, könnte auch *-sə* die richtige Form des Suffixes sein. Doch ist zunächst sicher, dass das Suffix mit dem in mhd. Zeit im Andl. und auch im angrenzenden Ripuarien so beliebten Femininsuffix -*esse*, -*se* nichts gemein hat. (Weinbold, mhd. Gr.[1] § 249.[2] § 267. Grimm, dt. Gr.[2] III, 340. Kluge, nom. Stbildl. § 47). Diese Endung, für welche man roman. Ursprung annimmt, erscheint, besonders häufig an männliche Nomina agentis auf -*r* angehängt, heute wie schon in den sg. Urkunden stets als -*šə*, z. B. *pasdéəršə* „Frau Pastor", *Grimmšə* „Frau des Grimm", urk. *priorsche* (sg. Urk. 248). Betrachten wir zunächst das Vorkommen des Suffixes -*zə*. *grǫtzə* „kleines Kind" ist wohl abgeleitet vom St. *grut*-, der in ahd. *gruzi*, verstärkt auch in mhd. *grúz* vorliegt. (Schade[2] I, 356). Ebenfalls tadelnd ist sg. *fǫtzə* „kleines Mädchen", abgeleitet von mhd. *vut* „cunnus". Wenn *fǫtzə* sonst nhd. dial. selbst „cunnus" bezeichnet, so liegt darin eine Anwendung des suff. -*zə* vor, die der des männlichen -*əʒ* in sg. *hibbəʒ* (s. pg. 64) durchaus parallel ist. *šdrǫnzə* „Kind, das sich umhertreibt", es kommt auch thür. vor als *strunze* „lottrige, herumlungernde Weibsperson" (Schade[2] II, 884). Es stellt sich zu mhd. *strumpf*, das sg. zwar selbst fehlt, doch in *šdrǫmbə* „im Wasser waten" zu grunde liegt. Germ. Wurzel ist *struʋq*-, wozu auch mhd. *strunze* „Stumpf", md. *strunc*, sg. *šdrǫʋk* „Stengelstumpf" gehören. (Schade[2] II, 881). Alle diese Bildungen mit -*zə* haben etwas Diminuirendes, da sie immer Kinder bezeichnen; zugleich aber sind sie stets Scheltwörter. Sie berühren sich demnach stark mit den masculinen Bildungen auf -*əʒ*. Es wird also auch hier ein Koseformen bildendes Suffix zu grunde liegen, und zwar dürfte es das dem masc. -*izo* entsprechende fem. -*izá* sein, welches wir in ahd. *Imiza, Mazza, Kunza, Tinza* haben. (Grimm, dt. Gr.[2] III, 667 ff. Weinh., mhd. Gr.[1] § 248). Der Endungsvocal blieb hier wegen seiner Länge erhalten, während *i* ausfiel, so das -*zə* entstand. Dieses Suffix ist auch wohl sonst im Hd. vorhanden, und zeigt sich bei einigen Wörtern, bei welchen die Anwendung der Koseform leicht erklärlich ist. Dahin gehört *metze* „meretrix", das ich als Verkürzung aus *métze* erkläre, und zu ahd. *miata*, *méta*, as. *méda* stelle. Aus der Bedeutung „Mietmädchen" erklären sich die verschiedenen Verwendungen sehr leicht (anders Kluge[4] 232). *kotze* in derselben Bedeutung gehört wohl zu md. *kote*, nd. *kot* „Hütte", wie mhd. *kebse* zu ahd. *kubisi* gestellt worden ist. Ob auch das letzte Wort hierhergehört, ist, da Uebergang von *z* zu *s* anzunehmen wäre, zweifelhaft; ebenso

ist es mit mhd. *nixe*. *Hexe* gehört wohl sicher nicht hierher.
Dagegen haben wir das *-za* vielleicht noch in einigen Tier-
namen, z. B. *kutza* zu dem engl. *cat*, agls. *catt* und dem masc.
nhd. *Kater*; *ratza* zu dem masc. *rato* u. s. w.
Ein dem Nhd. fremdes, dagegen auch sonst im Md. (Regel
pg. 71) vorkommendes Suffix ist das weibliche Abstracta bildende sg. *-da*; vgl. Heinz. pg. 118. Mit demselben sind bis auf
wenige Ausnahmen (z. B. *källa* „Kälte") heute im Sg. alle Bildungen auf ahd. *-i* versehen, z. B. *défda* „Tiefe", *dęckda* „Dicke",
gréazda „Grösse", *héjda* „Höhe", dagegen *héa, hé* „Anhöhe" (s.
pg. 90), *hętzda* „Hitze", *nätzda* „Nässe", *šaemda* „Scham", *ride*
„Weite" (ahd. *witi* wäre zu **vira* geworden) u. s. f.

Sehr häufig finden wir im Sg. an das Geschlechtswörter
bildende Masculinsuffix *-r* die Endung *-ich* angehängt, deren
grosse Beliebtheit schon oben (pg. 127) bemerkt wurde. Wir erhalten so zwei Suffixe wie scheinbar auch in nhd. *Enterich, Gänserich*. (Kluge⁴ 71). Sg. haben wir *gẽnsrrich* „Gänserich", *dirrrich*
„Tauber", *qárrrich* „Kater". Diese Bildungsweise wurde dann
auch auf andre Wörter mit Suffix *-r* übertragen, so auf
graẽzrrich „Krakehler" zu *graẽza*, *dǫmmrrich* „Dummkopf",
šẽabbrrich „schiefer Kerl" u. a. m.

Praefixe.

Unter den Praefixen betrachten wir zunächst diejenigen,
welche noch als ursprüngliche Praepositionen resp. Adverbien
erkennbar sind, meist auch noch als solche für sich bestehn.
Diese Praefixe haben im Sg. ebenso wie in der nhd. Schriftsprache ihre ursprüngliche Form bewahrt. Wir haben also
áfsidda „Abseite", d. i. die Seite, welche in der kalten Jahres-
zeit die Sonne nicht bescheint, also die nördlichen Abhänge der
Berge; *áfavk* „Anfang"; *dúarmaxa* „durchmachen", „erleben";
fúoarhavk „Vorhang"; *fáoarvętz* „Fürwitz"; *hęanrryáo* „hinter-
gehn"; *éafall* „Einfall"; *bęatmôrr* „Mitmutter" bezeichnet die
gemeinsamen Mütter zweier Verlobten, cf. Heinz. Wb. pg. 20;
hisáoza „Beisasse", „Mieter"; *naỏmaxa* „nachmachen"; *nérryáo*
„niedergehn"; *offzê* „aufziehn"; *ęmmyáo* „umgehn"; *uzzzox*
„Auszug", „Schublade".

Das mhd. Praefix *á-*, sg. *áö-* ist im Allgemeinen selten.

Verkürzt liegt es vor in *ǫmmich* „Ohnmacht“, nur gebräuchlich in der Redensart *ǫn ǫmmich fah* „in Ohnmacht fallen“. In einer seltenen Bedeutung haben wir das *á-* in dem echt sg. Wort *āōmʒ,* welches das Butterbrot bezeichnet, das der siegerländer Bergmann mit sich zur Grube nimmt. Heinz. (pg. 66) bringt dieses Wort nach Schütz ı, 28 zusammen mit hess. *immes* (Vilm. 181) und siebenbg. *ämmes* (Frommann v, 364) und führt sie gemeinsam auf mhd. *imbiʒ, ambiʒ* zurück. Für die übrigen Wörter mag diese Ableitung richtig sein, für sg. *āōmʒ* sicher nicht. Steht derselben auch von seiten des Consonantismus nichts im wege, so hätte doch das anlautende *an-* zu *á-* nie zu *āō-* werden müssen. Auch bemerkte schon Heinz., dass das sg. Wort gegenüber dem mnsc. *immes, ämmes* allein Neutrum ist. Ausserdem ist *anbiʒ* im Mhd. gegenüber *imbiʒ* so selten, dass nur ein merkwürdiger Zufall den siegerländer Bergmann veranlasst haben könnte, eines seiner alltäglichen Lebensbedürfnisse mit einem so seltenen, so gesuchten und zudem so feinen Namen zu belegen. Wir haben daher wohl die Bildung *āōmʒ* anders aufzufassen. Zweiter Bestandteil der Composition ist wohl das wie *āōmʒ* ebenfalls neutrale ahd. mhd. *maʒ* „Speise“ (Schade ² ı, 597), das auf got. *mats* zurückgeht. Dass dieses Wort im Sg. wenigstens nicht unbekannt gewesen ist, lehrt das oben (pg. 15) behandelte adj. *máʒ.* Bedenken erregt nur der Umstand, dass das Wort auch westf. als *âmes* erscheint (Wöste, westf. Wb. pg. 6), wo man doch im Auslaut unverschobenes *t* erwartet. Hier kann aber das asächs. *mòs,* unser *Mus* zu grunde liegen, das ja nahe verwandt ist. (Kluge ⁴ 240). Jedenfalls ist die Erklärung Wöstes sehr gewagt. Bleiben wir bei *maʒ,* so ist der erste Teil des Wortes das praefixale *á-,* das hier dieselbe nicht privative sondern nur schwächende Bedeutung hat, wie in mhd. *âmât* „Nachmaht“, nhd. *Ohmet* (Schade ² ı, 10; Kluge⁴ 252). *āōmʒ* ist also „Nachmahlzeit“, „Zwischenmahlzeit“.

Diesem *á-* ist sehr nahe verwandt das Praefix *un-,* welches sg. *ó-* lautet. Wir haben es in seiner gewöhnlichen privativen Bedeutung in *ōglęck(ʒ)* „Unglück“, *ōdǫχt* „ungezogener Bengel“ (s. pg. 48), *ōkrutt* „Unkraut“, *ōlit* „unleidlicher Mensch“. Vor Vocalen behält *un-* sein *n*: *ōnárt* „Unart“, *ōnäёrʒ* „uneben“, „unzugänglich“. von Personen. Wie das *á-* hat aber auch das *un-* zuweilen nur abschwächenden Charakter. In diesem Sinn haben wir es in sg. *ôhirdɔ* „Unterhirte“, „Gehilfe des Hirten“, ähnlich in *óšlȧôf* „Mittagsschläfchen“. Schon Heinz. (pg. 57) brachte dazu das mhd. *ungenôz* „Genosse geringern Standes“ bei (cf. Benecke II[a], 397. Grimm, dt. Gr.[2] II, 775. Schade[2] II, 1030). Aehnliche Bildungen mit diesem Sinn sind mhd. *unvasel* „schlechte Frucht“ (Schade[2] II, 1015), *unholz* „Holzabfall“ (Schade[3] II. 1036). Auch der im Obd. besonders beliebte Begriff des Uebermasses (Weinhold, mhd. Gr.[1] § 276) ist dem *un-* im Sg. nicht fremd. Hier haben wir *ómassɔ* „Unmasse“, und ähnliche Bildungen.

Auch die nicht mehr als ursprünglich selbständig empfundenen Praefixe haben im Ganzen im Sg., wie auch sonst, ihre Vocale besser erhalten als die andern Nebensilben. Dies hat wohl seinen Grund in der Stellung im Anlaut; die Praefixvocale sind aber gerade dann wieder besonders fest, wenn sie selbst anlautend stehn. Am besten haben die untrennbaren Praefixe alter Nominalbildungen ihre Vocale bewahrt. Diese tragen ursprünglich den Hochton (Weinhold, kl. mhd. Gr. § 53), daher erscheinen die Vocale oft wie die Stammsilbenvocale unversehrt. Wir haben *urdail* „Urteil“, *úɔršbrovk* „Ursprung“, *antvɔrt* „Antwort“ etc. Andre Praefixe freilich haben, wie auch in der nhd. Schriftsprache, ja z. T. schon im Mhd., ihre Vocale geschwächt. Dahin gehört *ëmpfavk* „Empfang“, mhd. *antfanc*; *gɔrëɔχ* „Geschicklichkeit“, mhd. schon *gerëch*, ahd. aber *garëch* u. a. m. Diese Schwächung ist die Folge veränderter Accentuirung.

Die Praefixe vor Verben und secundären Substantivbildungen war von Anfang an tonlos und sind daher viel mehr verschliffen worden. Immerhin haben auch sie noch grössere Vocalfülle als die andern Affixsilben; herrschende Vocalstufe ist zwar das irrationale *ɔ*, nicht selten aber haben sich ganz besonders anlautende Praefixvocale als *ë-* erhalten. Wir haben *ëntlaôzɔ* „entlassen“, *ërlaurɔ* neben *rlaubnis*, aber *bɔdirɔ* „bedeuten“, *gɔraôrɔ* „geraten“, *frglaē* „verklagen“, *zɔbrëɔχɔ* „zerbrechen“, entspr. ahd. *zaprëhhan*, mhd. *zebrëchen*.

Das ahd. *ga-* mbd. *ge-* sg. *gɔ-* wird im Sg. häufig Verben praefigirt, um, meist in Verbindung mit dem Hilfsverbum *gonn* „können“, doch auch ohne dasselbe, die Ausführbarkeit, die

Möglichkeit der Vollendung der Verbalhandlung zu bezeichnen; z. B. *ęch ɋâ nęt ɋɔlāevɔ* „ich kann nicht leben", *ęch ɋɔdrāē di last nęt* „ich kann die Last nicht tragen", *ęch ɋɔhéɔrɔ hơnnęt pơnt* „ich kann 100 Pfund heben" u. ä. So haben wir ferner *ɋɔdūō* „tun können", *ɋɔbann* „Jmd. im Ringen überlegen sein", (gehört vielleicht zu mhd. *bancken* „sich durch Leibesübung erlustigen", Schade [2] 1, 39), *ɋɔdéïɔ* „fortstossen können", *ɋɔzē* „ziehn können", *ɋɔlāēɔrn* „lernen können" u. v. m. Man könnte diese Bedeutung des Praefixes *ɋɔ-* als vom Part. Perf. mit der Motivirung übertragen ansehn, dass man eine Handlung, die man einmal ausgeführt hat, bei Gelegenheit immer wieder ausführen könne. Gegen diese Auffassung spricht aber der Umstand, dass im Sg. nicht das Praefix *ɋɔ-* Träger der Bedeutung der vollendeten Handlung sein kann, gilt es doch nicht einmal als integrirender Bestandteil des Part. Perf. Wir haben nämlich im sg. Dialekt eine ganze Anzahl von Part. ohne *ɋɔ-*. Es sind: *ęāɔrn* „geworden", vgl. nhd. *worden* in der Passivumschreibung; *blérɔ* „geblieben", das ursprünglich Compositum war; *grāējɔ* „gekriegt", das sg. wie auch sonst md. stark flectirt (Kluge [4] 190), in der Bedeutung „bekommen" sich mit ndl. *krijgen* berührend; *ɋơmmɔ* „gekommen", cf. mhd. *komen*, md. *kumen* (Weinhold, kl. mhd. Gr. [2] § 103); *fơnnɔ* „gefunden", urk. *funden* (28); *brāơɤt* „gebracht" (Heinz, pg. 84); *drơffɔ* „getroffen"; sg. st. auch *ɤavɔ* „gegangen", auf dem Land *ɋɔɤavɔ*, mhd. *gangen* und *ɤin* neben *ɤeɤān*. (Weinhold, nhd. Gr. [1] § 357; kl. mhd. Gr. [2] § 108). In *ɋéɔzzɔ* „gegessen", wo nur der Vocal ausgefallen war, betrachtete man das *ɤ* wie in nhd. *gegessen* als wurzelhaft und bildete danach von seinem Compositum *fréɔzzɔ*, das man sicher nicht mehr als solches auffasste, das Part. *fréɔzzɔ* „gefressen". Müssen wir so die Uebertragung des *ɋɔ-* vom Part. Perf. aus auf das übrige Verbum in Zweifel ziehn, so werden wir vielmehr diese Function des Praefixes *ɋɔ-* als eine sehr altertümliche Erscheinung ansehn, welche der ursprünglichen Bedeutung des Affixes, die nach Tobler (Kuhn's Ztsr. XIV, 131 ff.) die „der Vollendung der Handlung in sich selbst" ist, wenn nicht gleich kommt, so doch sehr nahe steht. Ziehn wir, da doch Verba mit *ge-* auch im Sg. vorzüglich in Verbindung mit *ɋơnn* „können" vorkommen, von den in Kuhn's Zts. XII, pg. 321 ff. u. 333 f. von Martens beigebrachten Belegen nur die in Betracht, welche die mit *ge-* gebildeten Verben mit dem Hilfszeitwort *mugan* verbunden aufweisen, so sehn wir, dass hier die Bedeutung des *gə-* im Sg. sich völlig deckt mit dessen Gebrauch im Ahd. Hat z. B. in dem aus Muspilli von Martens angeführten *daz ist allaz so pald, daz imo nioman kipagan ni mag* nicht *kipagan* ganz den Sinn des oben angeführten sg. *gəbann?* Ebenso ist es mit den andern Beispielen. Sollte diese Bedeutung, die der Möglichkeit der Vollendung der Verbalhandlung, nicht die ursprünglich dem Praefix *gə-* zukommende sein? Dass ein Praefix mit solcher Bedeutung dem Part. Perf. zugesellt werden konnte, ist in keiner Weise auffallend und hat ein Analogon daran, dass die griech. Endung -τος des die Möglichkeit ausdrückenden Verbaladjectivs im Lateinischen zur Bildung des Part. Perf. Pass. benutzt wurde.

Das Schätzchen weiß, was es will

Blitzinterview mit Kn... ...st

„Großer Bahnhof" für „Schätzchen" Uschi

rosit „Schätzchen" ...pfen an den Däch...

Schätzchen ist schon vergeben: im Film und auch privat

Jetzt haut das Schätzchen auf die Pauke !

Einmal ...ätzchen – ...mmer ...ätzchen

Das „Schätzchen' vom Diens...

...MISSAR

Schätzchen läßt sich mit Wonne ermorden ➡

Uschi Glas-Schätzchen vom Dienst

...es über Uschi Glas!

...ens Träume ...Wirklichkeit

So legt das Schätzchen die Männer aufs Kreuz